KB123948

로크미디어가
유혹하는
재미있는 세상
ROK
MEDIA
로크미디어

이것이 삶이다

이것이 법이다 118

2021년 8월 9일 초판 1쇄 인쇄
2021년 8월 12일 초판 1쇄 발행

지은이 자카예프
발행인 김정수 강준규

기획 이기헌 왕소현 박경무 강민구
책임편집 최전경
마케팅지원 배진경 임혜솔 송지유 이영선

발행처 (주)로크미디어
출판등록 2003년 3월 24일
주소 서울시 마포구 성암로 330 DMC첨단산업센터 318호
Tel (02)3273-5135 **편집** 070-7863-8592 **Fax** (02)3273-5134
홈페이지 rokmedia.com **E-mail** rokmedia@empas.com

값 8,000원

ISBN 979-11-354-8921-1 (118권)
ISBN 979-11-255-9575-5 04810 (세트)

자카예프 장편소설

이 소설은 픽션입니다.
등장하는 인물 및 지명 등은 현실과 연관이 없습니다.
또한 소설 내에 나오는 법이나 법리 해석의 경우에도 대중문학의 극적 전개를 위하여 일부분 과장되거나 변형된 것이 존재하니 실제 법과 혼동하지 않으시길 바랍니다.

CONTENTS

일단은 독립

일본의 후쿠시마 지역에 매물로 나온 땅은 어마어마하게 많다.

얼마나 많은지 일본에서 관련 지역 부동산을 검색하면 몇 만 건 단위로 나오는 수준이었다.

"하지만 거래는 없더라고요."

"하나도?"

"하나도 없죠. 악재가 뭐 이만저만도 아닌데."

조금 시간이 지나면 해결될 악재가 아니다.

최소 120년을 버텨야 하는 악재다. 그것도 어마어마한 악재 말이다.

"물론 벗어나는 방법이 있기는 해요."

어깨를 으쓱하면서 말하는 신동하.

노형진은 피식 웃었다.

"집을 짓는 거 말이군요."

일본 후쿠시마의 세금이 그렇게 미친 듯이 비싼 이유는 다름 아닌 일본의 법률 때문이다.

일본에서는 토지가 빈 상태로 두는 경우 막대한 벌금형의 세금을 매긴다.

그걸 막기 위해서는 토지에 집을 지어 본인이 들어가거나 세입자를 들이면 되는데, 현실적으로 후쿠시마 지역에서 그런 행동을 하는 것은 절대 불가능하다.

상식적으로 후쿠시마의 오염 지역에 집을 지으려고 하는 사람도 없고, 지으려고 한다고 해도 돈이 어마어마하게 들어간다.

가뜩이나 제염 작업이나 재건 작업을 할 사람도 못 구해서 난리인데 집을 짓겠다고 나설 일꾼이 있을 리가 없다.

"사려고 하면 얼마든지 싼 가격에 살 수 있습니다. 그래서 부탁하신 대로 다 알아내서 구입 의사는 전해 놨습니다만……."

신동하는 약간은 걱정스러운 얼굴로 말했다.

"현실적으로 그 땅을 쓸 일이 없으니……."

"걱정하지 마세요. 그 땅을 쓸 일은 없지만 다른 사람들은 쓸 일이 있을 테니까. 일단 땅을 사는 데 집중하죠."

노형진은 그렇게 말하면서 창밖을 내다보았다.

"가능하면 홍보도 해 주세요. 후쿠시마의 땅을 산다고 말입니다."

"그건 어렵지 않을 겁니다."

"광고도 괜찮습니다."

"하지만 그러면 돈이 어마어마하게 들 텐데요?"

아무리 그래도 몇천억은 들 정도의 일이다.

그런데 그 돈이 어디서 나오겠는가?

당연히 노형진에게서 나온다.

"일본이 재건을 주장하면서 후쿠시마 주변에서 올림픽을 하려는 이유가 단순히 재건 때문은 아니라는 걸 아시지 않습니까?"

일본은 현재 극단적 재정 압박에 휘청거리는 상황이다.

야베노믹스를 통해 돈을 미친 듯이 찍어 냈지만 후쿠시마 사태 때문에 그것도 먹히지 않을 정도였고, 일부에서는 하이퍼인플레이션을 우려하는 지경이다.

"결국 돈을 아끼기 위한 거죠."

말로는 방사능 재건의 결과를 보여 주기 위해 후쿠시마 주변에서 올림픽을 한다지만, 현실적으로 그 주변으로 경기장이 몰리는 가장 큰 이유는 그 지역의 땅값이 똥값이기 때문이다.

야베노믹스 이후로 시중에 자금이 넘쳐흐르기 시작했고,

그 돈은 토지로 흘러가 결과적으로 땅값의 상승으로 이어졌다.

경기장은 지어야 하는데 그 공간을 확보할 자금이 없었던 것.

공식적으로 일본의 올림픽은 도쿄 올림픽이라 불리는데, 일본의 수도인 도쿄에 한두 개도 아니고 여러 종류의 경기장을 만들 돈이 일본 정부에는 없었기에 예산을 아끼기 위해 후쿠시마로 경기장이 몰리기 시작했다.

그리고 생각보다 후쿠시마는 도쿄에서 가깝다.

그 때문에 도쿄 역시 방사능오염 상태지만 일본은 그 부분 역시 철저하게 감추고 있는 상황.

물론 문제가 그것만 있는 것은 아니었다.

그러나 역시 뭐니 뭐니 해도 가장 큰 문제는 바로 돈 문제였다.

'아주 개판이지.'

그 예산 문제가 얼마나 심각하냐면, 실내경기장인데 돈이 없다는 이유로 에어컨을 설치하지 않았을 정도였다.

생각해 보라. 열기가 빠져나갈 곳이 없는 실내경기장에 수십만 명이 모여서 스포츠를 관람한다.

그런데 그 시기의 일본은 평균 35도의 한여름이다.

그 실내 온도가 얼마나 될까? 40도?

상식적으로 즐거운 올림픽 관람 같은 건 불가능할 것이다.

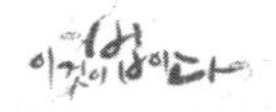

심지어 선수촌에 들어갈 침대를 골판지로 만들고 경기장의 의자는 후쿠시마산의 나무를 쓴다.

공식적으로는 재건했다고 말하지만 현실은 올림픽 경기장에 설치할 의자를 구입할 돈도 없는 것이다.

나무판이니 당연히 딱딱하고 불편하다.

그래서 일본 정부가 이에 대한 해결책을 제시했는데, 그건 바로 방석을 별도로 판매하는 거였다.

웃긴 것은 그 가격조차 정상적이지 않다는 것이다.

방석의 가격이 무려 1만 엔이기 때문이다.

한국 돈으로는 11만 원.

그만큼 일본이 돈이 부족하고 다급하다는 뜻이다.

그런데 그 자금 부족으로 인한 문제는 나무 의자와 방석만이 아니었다.

당장 올림픽경기장 입구 근처에 나무가 너무 없어서 사람들이 쉴 공간이 부족하다는 의견이 나왔을 때, 해결책은 간단했다.

차광막을 설치하면 되는 거다.

차광막은 생각보다 얼마 안 한다.

그런 걸 백 개쯤 설치하면 충분히 사람들이 쉴 만한 공간을 만들 수 있다.

만일 천 형식의 차광막이 부담스럽다면 외견을 포기하고 비닐로 된 그물 형식의 차광막을 쓸 수도 있다.

그건 가격도 훨씬 저렴하다.

한국 기준으로는 가로 4미터, 세로 6미터 크기의 차광막의 소매가가 대략 2,500원 정도 하니 차광막으로 주변을 다 덮을 수도 있다.

그러나 일본의 대책은 황당하기 그지없었다.

일본 정부에서는 공식적인 답변으로, 시원한 느낌이 들게 입구에 나팔꽃을 심어 두겠다는 발표를 했다.

스마트폰으로 선풍기 앱을 돌리며 정신 승리하라는 것도 아니고, 나팔꽃으로 시원한 느낌을 주겠다니?

그런데 더 웃긴 건 나팔꽃은 더위에 약한 식물이라는 거다.

나팔꽃을 심어 본 사람들은 알겠지만 나팔꽃은 새벽에 이슬이 내릴 때는 싱싱하지만 온도가 올라가면 축 늘어진다.

더운 곳에서 그 모습을 보고 있으면 시원한 기분이 들기는 커녕 더 더워질 건 당연한 일.

'그만큼 일본 재정은 한계에 도달해 있다.'

아직 일본은 모르지만 얼마 후 태풍 등으로 일본이 재해를 당하게 된다.

그때 수재민들을 경기장으로 피난시켰는데, 돈이 없다는 이유로 에어컨을 안 틀어 주는 건 기본이었고 심지어 수재민들에게 생활할 수 있는 공간이라고 나눠 준 게 종이 박스로 만든 구획 벽이었다.

현실적으로 한국도 이재민들에게 개인 공간이나 생활 문제로 실내용 텐트를 나눠 주는데, 일본은 텐트를 구입할 여력조차도 안 되는 것이다.

'그리고 지금은 그때보다 상황이 더 안 좋고.'

사실 원래 특별 재난 지역 해제 선포는 조금 더 시간이 있어야 한다.

그런데 일본은 그것보다 더 빠르게 특별 재난 지역 선포를 했다.

그 말은 노형진 덕분에 경제가 급속도로 침몰하고 있으며 예산의 부족은 더더욱 심해지고 있다는 뜻이다.

"그나저나 대동 문제는 어쩌실 겁니까? 요즘 제가 중간에서 장난질을 좀 치기는 하지만……."

"일단 제 말을 믿고 무조건 돈을 모아 두세요. 조만간 일본 경제에 큰 타격이 올 겁니다."

"큰 타격이라……."

신동하는 그 말이 터무니없는 소리라고 생각하지 않았다.

노형진이 한 말은 언제나 이루어졌으니까.

"그 타격이 얼마나 큽니까?"

그래도 어느 정도는 알아야 하기 때문에 신동하는 조심스럽게 질문할 수밖에 없었다.

그런데 노형진의 입에서 나온 말은 상상을 초월했다.

"일본이 국가파산 사태를 맞이할 수도 있습니다. 최소한

IMF는 관연하게 될 테고요."

"네? 일본이 그 정도로 떨어진다고요?"

"네, 그렇게 될 겁니다."

신동하는 진지한 얼굴로 말했다.

"그 말이 사실이면……."

"아마 대동은 아주 치명적인 피해를 입게 될 겁니다."

그러한 경제 위기가 오면 기업들은 버티기에 들어간다.

그러려면 돈이 있어야 한다.

그런데 대동은 그 버티기를 할 돈이 없다.

내전을 치르느라고 돈을 다 쓴 덕분이다.

"그러니 신동하 씨가 최대한 돈을 모은다면 그때 대대적으로 반격이 가능할 겁니다."

"알겠습니다. 최대한 싸움은 줄이고 자금은 확보해 두죠."

"유통 쪽은 무조건 잡고 계시고, 엔터테인먼트 쪽은 지금이라도 비싼 가격에 파세요."

"엔터를요?"

"어차피 지금 호황기니까요."

엔터테인먼트라는 사업 자체는 결국 잉여 자금이 들어가는 구조다.

사람이 여유가 없으면 엔터를 즐길 이유도 없다.

"경제 위기가 오면 현실적으로 엔터테인먼트 쪽이 가장 먼저 타격을 받습니다. 한국 사례 아시죠?"

그 말에 신동하는 고개를 끄덕거렸다.

한국은 경제 위기가 오고 엔터 산업 쪽이 작살이 났다.

나라가 망했는데 딴따라의 춤과 노래가 무슨 소용이냐며 그걸 탓하는 사람도 있었다.

"현실적으로 그 수준이 높으면 도리어 탈출구가 됩니다만."

"일본은 애석하게도 그게 아니죠."

한때 세계 문화의 한 축을 담당했던 일본이다.

하지만 현실적으로 지금의 일본 문화는 해외에 수출할 정도의 능력을 가진 상품이 없다.

아이돌이나 가수?

노형진이 이 지역을 집어삼키기 위해 많이 키웠어도, 실력 부족은 여전하다.

영화?

애초에 그쪽은 바닥부터 사라져서 기초조차도 존재하지 않을 정도로 박살 났다.

그래서 만화를 실사화한 영화가 대부분이고, 그나마도 제대로 해석한 게 아니라 코스프레로 캐릭터 흉내를 내는 수준인지라 해외에서는 거의 먹히지 않는다.

드라마나 예능 역시 그 지경이고.

"그러니 경기가 안 좋아지면 분명 바닥을 칩니다. 지금 한창 비쌀 때니까 차라리 그쪽을 팔아 버리고 돈을 쌓아 두세요."

그때가 되면 그 돈으로 어디든 살 수 있을 것이다.

노형진의 설명을 들은 신동하는 약간 주눅 든 표정으로 고개를 끄덕였다.

"알겠습니다. 벌써부터 무서워지네요."

노형진은 피식 웃었다.

"일단은 현재에 집중하도록 하죠. 중요한 건 땅을 가능하면 빨리 사야 한다는 겁니다."

"일단 나온 매물은 다 살까요?"

"물론 다 살 필요는 없습니다. 어느 정도 비율만 사면 됩니다."

"네? 어째서요?"

"한꺼번에 다 사겠다고 하면 가격이 올라갈 테니까요."

그걸 막기 위해서는 진짜 급매로 나온 싼 가격의 땅만 사야 한다.

"그러면 소문이 돌기 시작할 겁니다."

누군가 땅을 산다, 그리고 그 가격이 평당 얼마다 하는 소문이 돌기 시작할 것이다.

그러면 그 가격에 파는 사람은 더더욱 늘어날 것이다.

"과거의 정상가를 받으려고 한다거나 조금 가격을 올려서 받으려고 하는 사람에게서는 절대 사지 마세요. 어차피 모든 땅이 다 필요한 것은 아닙니다. 다만 해안가 쪽은 가능하면

다 사시고요."

"해안가 쪽요? 그쪽이야 뭐……."

해안가 쪽은 아예 초토화 상태다.

쓰나미가 몰아닥쳐 건물이고 뭐고 멀쩡한 게 하나도 없는 상태라, 재건 자체가 불가능할 정도가 되어 버렸다.

사람은 한번 공포를 맛보면 똑같은 일은 하지 않으려고 한다. 그렇다 보니 해안가에 살려고 하는 사람들이 별로 없다.

"그리고 가능하면 완전 위험 구역 내부로 해 주시는 게 좋을 겁니다."

"외부는요?"

"일단 외부에는 일본이 몰아붙여서, 거기에서 사는 사람들이 있으니까요."

좋게 말해서 자발적인 귀환이지, 일본에서는 그들이 돌아갈 수밖에 없도록 모든 수를 다 쓰고 있다.

심지어 후쿠시마 지역 출신이라는 이유로, 기형아 출산 가능성 때문에 결혼 기피 대상이 될 정도로 차별받고 있는 상황인데도.

"그 지역의 땅을 산다고 홍보를 해야 합니다."

사실 모든 땅이 다 매물로 나와 있다면 좋겠지만 애석하게도 그렇지 못한 게 현실이다.

그래도 팔아 보겠다고 시도라도 하면 모르지만, 누구도 사지 않을 걸 뻔히 아니까 아예 매물로도 내놓지 못하고 있는 것이다.

"그들이 땅을 팔 수 있게 해야 하는데……."

사고가 난 이후 한동안은 한곳에 모여 있었지만 상당한 시간이 지난 지금 그들은 저마다 흩어져서 살고 있다.

"신문광고라도 해 볼까요?"

"신문이라……."

물론 그것도 괜찮은 방법이다.

하지만 현실적으로 모든 사람들이 신문을 볼까?

그건 무리다. 아무리 일본 인터넷이 비싸고 텍스트 기반이라지만, 어찌 되었건 신문이 과거에 비해 상당히 힘이 떨어진 것은 사실이다.

"차라리 방송을 이용하지요."

"방송요? 하지만 그러면 일본 정부에서 알게 될 텐데요."

노형진은 피식 웃었다.

"걱정하지 마세요. 제가 이미 관련 상황을 다 알고 있으니까요. 아마 일본에서는 두 손 두 발 다 들고 환영할 겁니다, 후후후."

⚖

—후쿠시마 리조트, 당신의 손에서 시작됩니다.

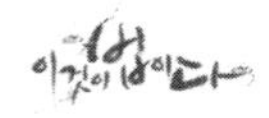

후쿠시마에 대단위 위락 시설과 휴양지를 짓겠다는 황당한 계획.

사람들이 보기에는 미친 짓이나 다름없었다.

그러나 일본에서는 그걸 아주 적극적으로 밀어주고 있었다.

"가짜 서류 몇 개 넣었더니 아주 그냥 일본에서는 간이고 쓸개고 다 빼 줄 각오던데요?"

신동하는 어이가 없어서 그렇게 말했다.

후쿠시마에 리조트를 지어서 지역을 재건하겠다.

이게 세계적 레벨에서 얼마나 헛소리인지 잘 알 텐데도 일본 정부는 그걸 지원하기 위해 특별법까지 만들겠다면서 호들갑을 떨었고, 심지어 국가의 재건을 위해 땅을 싸게 팔라고 홍보까지 대신 해 주고 있었다.

"자기들 돈 안 들이고 재건을 홍보할 수 있는 기회니까요."

노형진은 잔뜩 쌓여 가는 신청서를 보면서 고개를 끄덕거렸다.

기회가 생기자 후쿠시마 출신의 사람들은 땅을 팔기 위해 몰려들었다.

물론 무리한 돈을 요구하는 사람들도 있지만 당연히 거절했다.

그래도 대부분은 아주 싼 가격에라도 땅을 팔려고 했다.

"재건도 불가능하고 돈만 잡아먹는 땅을 유지하고 싶지는 않을 테니까요."

"도대체 어떻게 그런 생각을 하신 겁니까?"

"일본의 후쿠시마 해수욕장 개장을 보고 생각한 겁니다."

"아…… 후쿠시마."

씁쓸한 미소를 짓는 신동하.

사고가 난 발전소 바로 옆에는 후쿠시마 해수욕장이 있었다.

그리고 일본 정부는 그곳을 여름에 개장하면서 홍보했다.

홍보를 위해 아빠와 어린 두 딸을 캐스팅해서, 아이들을 방사능으로 가득한 바닷물 안으로 밀어 넣었다.

"그때 한국은 일본의 비정함에 혀를 내둘렀죠."

고작 네 살이나 되었을까?

그런 애들을, 방사능에 오염된 걸 뻔히 알면서도 바다로 밀어 넣은 것이다.

이유는 단 하나, 후쿠시마는 재건되었다는 이미지를 주기 위해서 말이다.

하지만 홍보한다고 해서 사람들이 갈 리는 없고, 당연히 지금 구입하는 지역에는 그곳도 포함되어 있었다.

"천천히 구입하세요. 서두를 필요는 없습니다."

"알겠습니다. 최대한 많이 구입하지요."

노형진의 말에 신동하는 고개를 끄덕거렸다.

⚖

그렇게 몇 달이 흘렀다.

대충 땅의 구입이 끝났을 무렵, 일본은 갑작스러운 뉴스로 난리가 났다.

후쿠시마 일대를 독립국으로 주장한다.

이게 뭔 개소리인가 싶겠지만 실제로 그런 문구가 적힌 봉투가 방송국과 신문사에 도착했고, 그 안에는 그곳의 황제라고 주장하는 자가 얼굴을 가리고 나와서 터무니없는 주장을 하는 영상이 저장된 USB가 담겨 있었다.

–현재 일본은 후쿠시마와 그 일대에 대한 어떠한 영향력도 행사하지 못하고 있다. 일본은 후쿠시마에 대한 조력 및 복구를 포기했으며 그로 인해 후쿠시마에 살고 있는 사람들은 지독한 고통을 받고 있다. 이에 나는 후쿠시마 지역을 후쿠왕국으로 독립을 선포하는 바이다.

후쿠왕국 건국을 주장한 놈은 심지어 독립선언서까지 낭독하면서 각 나라에 자신들의 후쿠왕국을 독립국가로 인정해 줄 것을 요구했다.

"이게 뭔 개소리야?"

야베는 어이가 없어서 말문이 막혔다.

나라가 망조가 드니까 별별 미친놈들이 다 나온다.

사이비 종교가 횡행하고, 전에는 옴진리교의 잔당이 테러를 일으켰다. 그런데 이제는 독립하겠다는 놈들까지 나왔다.

"이게 뭔 개소리야? 이놈들, 지난번에 후쿠시마에 리조트 세운다고 땅을 막 사지 않았어?"

"맞습니다. 후쿠시마 개발 건설이라는 놈들인데, 그놈들이 독립을 주장하는 것 같습니다. 소유권이 자기들에게 있으니 독립의 권한도 자신들이 가지고 있다 이거죠. 이름도 그렇고, 처음부터 노리고 한 짓 같습니다."

"이런 미친놈들."

야베는 머리가 지끈거렸다.

그렇잖아도 노형진의 함정에 빠져서 손발이 다 잘린 상황인데 이제는 이런 미친놈까지 튀어나오다니.

"이놈들 대체 뭐야?"

"그게…… 조사해 봤는데, 일단 공식적으로는 일본 내 기업입니다만 속임수였습니다. 투자처는 홍콩에 자리 잡은 펑웬이라는 기업이었습니다."

"펑웬?"

"그렇습니다. 중국계 기업입니다."

"이 미친놈이 도대체 왜 거기서 독립을 주장하는 거야?"

"모르겠습니다."

땅을 사서 소유권을 가지는 것과 그 땅이 독립하는 것은 전혀 다른 문제다.

아무리 기업이 땅을 사서 소유한다고 해도 그 땅을 사용할 때는 국가의 허락을 받아야 한다.

모든 땅은 사용처라는 게 정해져 있기 때문이다.

그런데 하물며 땅을 샀다고 독립한다?

그게 가능했으면 아마 전 세계에는 이미 국가가 한 100만 개쯤 있을 것이다.

"그래서, 이놈들은 뭐래?"

"지금부터 독립국으로서 일본 정부에 어떠한 세금도 납부하지 않겠다고 합니다."

"이런 미친…… 끄응……."

야베는 속이 쓰렸다.

지금 일본 정부의 예산은 거의 바닥을 드러내고 있다.

어떻게 문제를 해결하고 싶어도 해결할 방법이 없는 상황.

그런 상황에서 나온 방법이 바로 특별 재난 지역 선포를 취소하고 그곳에서 막대한 세금을 걷는 것이었다.

"그 지역에서 예상한 세금이 얼마지?"

"최소 3억 엔 이상으로 생각하고 있었습니다."

"망할 놈들."

하지만 그들은 독립을 주장하면서 세금의 납부를 거부했

다.

물론 강제하려면 할 수는 있다.

그러려면 일단은 재산을 압류해야 하는데…….

"재산은 없겠군."

"네. 이미 홍콩에 자리 잡은 본사를 확인했는데 사무실조차도 월세입니다. 재산이라고는 중고 책상과 컴퓨터 정도가 다입니다."

"아예 작정하고 시작한 거군."

웃긴 건 독립을 주장하면서 독립선언서까지 발표했지만 정작 일본 내에는 관련 인물이 전혀 없다는 것이다.

광고 회사가 있기는 하지만 그건 어디까지나 그들이 리조트를 만들겠답시고 땅의 판매자를 찾기 위해 한 광고 계약이었고, 독립과는 전혀 관련이 없었다.

당장 일본 정부도 그 당시에 어떻게 해서든 후쿠시마에 리조트를 만들기 위해 도와줬으니 그 광고 회사에 뭐라고 할 수도 없는 노릇이다.

"어떻게 할까요?"

"뭘 어떻게 해? 그냥 정신이상 증세가 있는 미친놈이 한 짓이라고 생각하고 무시하면 그만이지."

사실 가끔 그런 놈들이 있기는 하다.

무인도를 사서 독립했다고 주장하기도 하고, 심지어 바다 위의 인공 구조물을 사서 독립했다고 하기도 한다.

미국에도 그런 사람이 있었고, 웃기게도 그를 반쯤 인정하면서 관광 상품화한 적도 있었다.

물론 국제사회에서 인정되는 것과는 전혀 다른 문제다.

"그렇잖아도 소수민족들이 자꾸 속을 썩이는데."

노형진 덕분에 소수민족들인 아이누족, 그리고 한때 독립왕국이었던 규슈 지역과의 사이가 많이 틀어졌고, 그들이 후쿠시마를 통해 한번 난리를 친다는 소문이 있어서 여전히 거기에는 일본 자위대가 순찰을 돌고 있었다.

그러나 결국 그 모든 것은 소문으로 그쳐, 막대한 손해만 보고 어마어마한 자위대원이 그만두기는 했지만 말이다.

"어차피 중국에 있는 놈들이 뭘 할 수 있는 건 아니니까 무시해."

사실 이건 반역이라고 할 수도 없는 일이었다.

반역이라는 건 결국 무력이 있어야 하는데 무력은 전혀 없는 놈들이니까.

"펑웬에 대한 조사 결과는?"

"아무래도 그 펑웬이라는 기업 자체도 결국 유령 기업 같습니다."

"기가 막히네, 이거."

법이라는 게 애매하다.

헛소리를 했다 해서 그들에게서 땅을 빼앗을 수는 없다. 그러니 미친놈이라고 생각하고 그냥 넘어갈 수밖에 없는 일이었다.

하지만 상황은 전혀 엉뚱한 곳으로 튀기 시작했다.

"역시 다른 나라들이 무시할 줄 알았습니다."

사실 애초부터 이게 인정받을 거라는 생각은 꿈에도 하지 않았다.

그렇게 독립이 쉬웠다면 전 세계 전쟁의 절반은 사라질 테니까.

"일본 정부도 헛소리로 치부하는 모양이더군."

유민택도 예상한 듯 고개를 끄덕거렸다.

진짜로 위협으로 받아들였다면 기자회견이라도 하고 자위대라도 파견해야 한다.

하지만 인터넷만 미친놈이 나타났다고 떠들어 댈 뿐 일본 정부는 철저하게 무시와 방관으로 행동하고 있었다.

"일단 자네가 말한 대로 세금 문제로 그쪽에서 압박을 가하기는 하는 모양이야."

그들은 헛소리하지 말고 밀린 세금이나 내라는 투로 말했다.

물론 노형진은 세금을 낼 생각이 없었다.

"그러면 이제 슬슬 최종 작전을 실행할 시간인 것 같군요.

뭐, 그냥 시간을 끌면서 세금을 안 내도 그만이지만."

물론 그렇게 되면 후쿠시마의 땅은 일본에 빼앗기게 될 것이다.

사실 일본은 돈이 없어서 오염토를 사방에 잔뜩 쌓아 두고 있는 상황이다.

전문가들은 아예 오염토를 후쿠시마 오염 지역 내에 쌓아 두라고 조언하고 있지만, 그 헐값에 나온 후쿠시마의 땅조차도 살 수 없는 일본은 규정을 바꿔서 학교나 유치원 등에 창고를 만들고 방사능오염토를 쌓아 두고 있는 실정이었다.

"그러니 우리가 그 땅을 넘기면 당연히 거기에다가 오염토를 쌓을 겁니다. 그걸 가만둘 수는 없지요."

노형진은 일본에 좋은 일은 절대 할 생각이 없었다.

"그러면 이제 자네가 비밀로 하던 그 계획을 실행할 생각인 게로군."

"네. 이제 땅은 충분히 산 것 같으니까 실행 조건은 충분합니다."

"그럼 이제 말해 보게. 그 비밀 작전이 뭔가?"

노형진은 목소리를 낮추고 유민택에게 조용히 말했다.

"어차피 승인이 필요한 건 전 세계가 아닙니다. 중국에만 승인을 받으면 되니까요."

"중국?"

"그렇습니다. 중국에서 승인을 받는 게 제 목적입니다."

"그게 되겠나? 중국에서 승인해 줄 이유가 없지 않나?"

"적당한 조건이 없다면 그렇겠지요. 하지만, 음…… 가령 이런 조건은 어떨까요? 후쿠왕국의 독립을 승인해 주면 그 대신에 후쿠왕국의 해안가를 영구 할양한다든가."

"영구 할양?"

"그렇습니다. 쉽게 말해서 후쿠왕국에 군을 주둔할 수 있게 해 준다는 거죠."

유민택은 뒤통수를 맞은 표정이 되었다.

이건 진짜 생각도 못 한 부분이었으니까.

"그게 가능하다고?"

"그게 가능할지는 모르지요. 하지만 이거 하나는 확실합니다. 성공하면 일본은 중국 때문에 목에 칼이 들어오는 셈이 되고, 실패한다고 해도 일본과 중국의 사이는 극단적으로 틀어진다는 거죠. 지금도 틀어져 있지만요."

"하지만…… 중국이 그걸 받아들일까?"

"중국의 욕심을 만만하게 보시면 안 됩니다."

중국은 오래전부터 전 세계를 지배할 야욕을 가지고 있었다.

영해를 늘릴 목적으로 암초 섬에 콘크리트를 부어서 인공섬을 만들고 그곳을 기준으로 영해를 주장하는가 하면, 원래 국제법을 무시하고 암초들의 소유권을 주장하면서 영해를 확장하려고 난리를 피우고 있다.

"사실 중국의 주장에 따르면 베트남과 필리핀 그리고 말레이시아의 바다는 중국 땅입니다."

원래 영해의 기준은 영토 기준 200해리다. 킬로수로 따지면 370.4킬로미터다.

"그런데 중국은 그런 국제 기준을 깡그리 무시하고 있지요."

소유권이 없어도 일단 자기 거라 주장하고 그걸 기준으로 자기 영해라고 주장한다.

심지어 군을 이용해서 타국을 위협하는 것도 꺼리지 않는다.

"만일 후쿠왕국이 그런 조건을 내걸면 어떻게 될까요?"

"중국은…… 인정하겠군."

중국의 탐욕은 어마어마하다.

지금 미국이 한국과 일본을 중요하게 여기는 이유는 중국이 태평양으로 나오는 것을 막기 위해서다.

그런데 만일 중국에서 일본의 남부에, 즉 태평양 코앞에 해양 기지를 세울 수 있게 된다면?

"아마 난리가 날 겁니다."

중국은 후쿠왕국에서 넘겨받은 땅에 당연히 군사기지를 세울 텐데, 그렇게 되면 일본 입장에서는 자기들 턱 바로 아래에 칼이 들이밀리는 꼴이 된다.

중국군이 후쿠시마에서 달려오기 시작하면 일본의 수도인

도쿄까지 하루도 안 걸릴 테니까.

"일본은 거의 모든 전투 능력이 해군으로 가 있습니다. 미국의 전략에 의한 것이었죠."

즉, 후쿠시마에 군 기지가 생기면 일본은 중국에 저항도 못 해 보고 박살 난다는 것이다.

"미치겠군."

유민택은 심장이 벌렁벌렁 뛰었다.

이건 진짜로 생각도 못 한 일이었다.

중국이라니?

"중국에서 안 받아들인다면?"

"과연 안 받아들일까요?"

지금까지 중국은 일본에 주둔한 주일 미군과 함대 때문에 태평양 진출이 쉽지 않았다.

하지만 후쿠시마의 군 기지는 그 입구이자 보급창이 될 테고, 미국과 태평양에서 건곤일척의 승부도 생각할 수 있는 정도가 된다.

"분명 받아들입니다. 영 안 된다고 하면 아예 중국에 투항도 감안하면 됩니다."

"중국에 투항해? 그 땅을 다 준다고?"

"네. 그러면 중국은 눈이 뒤집어질 겁니다."

단순한 군사기지가 아니라 일본의 영토에 내부 군사기지를 가지게 된다.

그리되면 그들은 분명 거기에 동의할 것이다.

물론 미국 입장에서는 난리가 나는 거다.

갑자기 적성국에서 자국으로 올 수 있는 길이 떡하니 생기는 거니까.

"일본 경제는 그럼 어떻게 될까요?"

바로 옆에 중국 군대가 주둔하기 시작했는데, 중국과 일본은 사이가 안 좋다. 그런 상황에서 무슨 일이라도 터진다면 어떻게 될까?

현 상황에서 중국과 미국 사이에 전쟁이 터지면 주요 전장은 한국이 된다.

하지만 후쿠왕국의 독립을 중국이 승인하고 그곳에 군을 주둔시키게 되면?

주요 전쟁터는 일본이 된다.

"일본의 경제는 박살 나겠군."

그나마 남아 있던 투자도 싹 빠지게 될 것이다.

"어이가 없어서 말이 안 나오는군."

유민택은 기가 막혔다.

노형진이 비밀로 할 때부터 큰 건일 거라고는 생각했다. 하지만 이 정도 클래스일 줄은 몰랐다.

"일본은 미치고 팔짝 뛸 일이 될 겁니다."

"하지만……."

물론 유민택의 생각에 그 계획에 오류가 있는 것은 사실이었다.

"그 지역은 방사능오염 지역 아닌가? 그곳에 중국군이 주둔하려고 할까?"

"당연히 합니다. 중국입니다. 사람 목숨을 개 목숨보다도 더 낮게 보는 놈들요."

중국의 인명 경시는 유명하다.

중국군의 목숨? 당 차원에서는 그다지 문제가 안 된다.

그들은 분명 군을 배치할 것이다.

"그건 그렇지. 하지만 여전히 문제가 있네. 자네가 한 말이 맞는다면 말이야, 일단 일본이 위험해지는데 그러면 일본이 자위대를 동원하지 않겠나?"

"하겠지요."

"그러면?"

"그러면 중국과 전쟁하는 거죠."

"전쟁이라……."

"사실 이 작전을 만든 건 제가 아닙니다."

"자네가 아니라고?"

"네. 이 작전을 만든 건 제가 아니라 일본입니다."

"일본?"

"네, 일본이 만든 거죠. 만주국이라고 아십니까?"

"만주국? 아! 중국에 있던 그거? 그래, 무슨 소리인지 알겠네."

만주국은 2차대전 당시에 일본이 만주 지역에 만든 괴뢰 국가다.

그 당시에 만주국을 인정하는 나라는 일본뿐이었고, 일본은 그들과 손잡고 중국 공략에 힘썼다.

사실 국가라는 게 그렇다.

국가 간 관계에서 국가로서 인정받는 나라가 있는 반면 그렇지 못한 나라도 있는 법이다.

그런데 그건 영원한 게 아니라서, 과거의 대만은 하나의 국가로 인정받았지만 중국의 세력이 커지면서 국가로 인정받지 못하고 있는 상황이다.

"즉, 반대도 된다는 거죠."

그 국가를 인정하고 안 하고의 문제는 각 국가의 결정일 뿐이지 세계적인 인증 제도가 있는 것은 아니다.

"중국 입장에서는 자기들이 당했던 그대로 돌려줄 수 있는 기회가 온 거군."

"맞습니다. 다른 나라가 뭐라고 하든 상관없죠."

그냥 자기들끼리 인정하고 조약을 맺고 그 땅에 주둔하면 된다.

"그러면 자위대가 그걸 막아야 하지요."

전쟁이 코앞으로 닥친 땅에 과연 누가 올까?

과연 그 누가 투자할까?

미국도 결국 참전하겠지만, 그 순간 일본은 전쟁터가 된다.
“그리고 우리는 꿀을 빨겠지요.”
한국은 일본과 상호방위조약을 맺지 않았다.
그 말은 일본에서 전쟁이 터진다고 해도 한국군이 갈 일은 없다는 거다.
미국은 어쩔 수 없이 거기서 싸워야 하지만 말이다.
“아실 겁니다. 일본은 한국의 6.25전쟁을 통해 잿더미에서 일어났죠.”
전쟁터 한복판에 군대를 바로 투사할 수는 없고, 러시아가 군대 주둔을 인정할 리가 없다.
결국 미국은 한국을 통해 군수물자를 제공해야 한다.
“전쟁이 터지면 한국의 경제가 살아나겠군.”
“뭐, 그건 최악의 상황으로 진짜 전쟁이 났을 때의 이야기입니다만.”
노형진이 악마는 아니다.
진짜로 사람이 수십만씩 죽어 가는 전쟁을 일으킬 생각은 없다.
“그러고 보니 이야기가 샌 것 같은데, 그리되면 일본은 그 평화 헌법을 고쳐서 전쟁 가능한 국가로 진짜 바꾸려고 하지 않겠는가?”
“하겠지요. 하지만 그걸 감당할 수 있을까요?”
“응? 그게 무슨 소리인가?”

"일본이 평화 헌법을 고쳐서 전쟁의 대상으로 삼으려고 하는 나라가 과연 어디일 거라고 생각하십니까?"

"그건……."

유민택은 곰곰이 생각에 빠졌다.

답은 금방 나왔다.

"한국이군."

중국이고 러시아고, 일본이 상대할 수 있는 나라들이 아니다.

두 나라의 적성국은 일본이 아니라 미국이고, 일본이 아무리 무장을 잘해도 그 나라들에 대고 전쟁을 선포할 수는 없다.

그럼에도 불구하고 일본은 전쟁 가능 국가를 외치며 평화 헌법을 고치려고 한다.

그러면 남는 건?

"한국뿐이죠."

일본을 전쟁 가능 국가로 만들어 그 후에 한국을 도모하는 것.

그게 일본의 극우 세력의 궁극적인 목적이다.

"하지만 저 상황이 되면 어떻게 될 것 같습니까?"

"한국은 안중에도 없다고 봐야겠군."

당장 중국이 침략한 것이나 마찬가지인 상황이다. 그 상황에서 한국과 전쟁을 하려고 할까?

할 수가 없다.

상황이 그쯤 되면 한국은 유일한 생명 줄이다.

한국이 병참기지화에 동의하지 않으면 일본은 말 그대로 중국에 파죽지세로 밀릴 수밖에 없다.

"그리고 사람들이 잘 모를 뿐이지 한국은 약하지 않습니다. 사실 바다에서는 일본, 땅에서는 한국이라는 말을 많이 하는데요, 그거 옛말 된 지 오랩니다."

물론 무기 성능 자체는 일본이 조금 더 나을지도 모른다.

하지만 조금 더 나은 무기로 숫자를 압도하지는 못한다.

당장 독일이 판터라는 걸출한 전차를 가지고도 미국에 밀린 걸 생각해 보면 된다.

"한국군이 남부에 함대를 끌어다가 대마도를 포격하면서 상륙하면 그걸 막을 방법이 없지요."

미사일은 요격이라도 하지, 포탄은 요격도 불가능하다.

물론 일본도 가만히 있지는 않고 함대를 보내겠지만, 일단 양쪽 다 본토가 가깝다는 점에서 지상의 공군 지원을 받을 수 있기에 싸우게 되면 절대 쉽게 밀리지는 않는다.

대마도는 일본보다 한국에서 더 가깝기 때문에 공군의 지원을 받는다면 유리한 건 한국이다.

거기에다가 한국이 가진 미사일은 일본 전역을 때릴 수 있다.

"그런 만큼 일본은 결국 파죽지세로 밀릴 수밖에 없습니

다. 그런데 심지어 중국이 거기에 들어가 있다면 한국과 싸울 수는 없지요. 어떻게 해서든 중국을 견제해야 하니까요. 과연 중국이 그런 걸 알면서도 거기에 상륙하지 않을까요?"

"흠…… 중국의 탐욕을 생각하면 충분히 가능해."

하지만 여전히 위험부담은 살아 있다.

아니, 가장 큰 문제가 있다.

만일 중국이 일본에 상륙하려 한다면 미국은 그걸 막으려고 할 것이다.

당연하게도 중국과 미국은 대판 싸울 테고.

"운이 좋으면 일본을 전쟁터로 한 국지전이 되겠지만. 말이 좀 이상하군."

일본 전체가 초토화되겠지만, 미국과 중국 입장에서는 자기들은 다치지 않는 국지전이 맞다.

"하여간 그래. 일단은 그렇지만, 재수 없으면 제3차세계대전이 될 수도 있네."

유민택이 걱정하는 게 바로 그거였다.

제3차세계대전.

"현실적으로 그럴 가능성도 분명 존재하죠. 하지만 그 때문에 저는 이걸 해야 합니다."

"어째서 말인가?"

"그걸 아는 건 우리뿐만이 아니니까요."

일본과 미국은 그걸 막기 위해 뭐든 할 것이다.

'뭐든' 말이다.

"그리고 제가 원하는 게 바로 그겁니다, '그 무엇이든'. 후후후."

땅 놓고 돈 먹기

전 세계는 후쿠왕국이라는 나라에 대해 관심도 없었다.

그저 돈 많은 미친놈이라 생각했다.

누가 인정도 하지 않을 거라 생각했다.

하지만 후쿠왕국에서 공식적으로 발표한 말은 전 세계를 경악으로 물들였다.

-우리 후쿠왕국은 중국에 제후국으로서 들어가기를 원합니다. 중국의 보호를 받고자 하며, 중국과 평화조약을 맺고자 합니다. 다만 우리 후쿠왕국은 아직 자본이 열악하며 국민의 숫자도 충분히 많지 않습니다. 이에 우리 후쿠왕국은 중국에 해안가를 영구 임대 형식으로 빌려줄 용의가 있습니다. 후쿠왕국이 존재하는 한 우리 왕국의

모든 영토에 대한 중국의 통행권을 인정하며 군 주둔권 역시 인정됩니다. 다만 그 대가로 후쿠왕국과의 방위조약 체결을 요구하는 바입니다.

노골적이다 못해 뻔뻔하기까지 한 중국에 대한 구걸.

문제는 그게 먹힐 거라는 거다.

누구나 다 알고 있던 문제였다.

"중국에서는 뭐라고 합니까?"

"후쿠왕국의 인정 건에 대해 내부에서 심도 높은 회의에 들어갔다고 합니다."

"심도 높은? 그게 무슨 말이나 되는 소리야!"

일본 정부는 난리가 났다.

특히 야베는 거의 눈이 돌아갈 지경이었다.

"중국 정부에서 당연히 인정할 거 아닌가!"

중국이 바보도 아니고, 이로 인해 얻게 될 수많은 이득을 모를 리가 없다.

지금까지 미국이 만들려고 했던 대아시아 태평양 방위 라인. 그 라인에 구멍을 낼 수 있는 절호의 기회.

"이 망할 후쿠왕국? 그놈들은 중국 놈들이야! 분명히 그래!"

그렇지 않고서야 중국에서 그 땅이 거래되었을 리가 없다.

"이 망할 놈들, 애초부터 노린 거야."

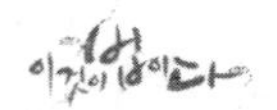

"아무래도 우리가 과거에 쓴 방법을 그대로 쓰는 것 같습니다."

"과거?"

"만주국 말입니다."

괴뢰 국가를 하나 세워서 그들을 인정한 다음 그들을 보호하겠다며 중국을 공격한 게 일본의 방식이었다.

지금이 딱 그랬다.

"중국 대사를 초치했습니다만."

외무대신은 진땀을 흘리며 말했다.

"그쪽에서는 그 문제는 중국의 권한이니까 월권하지 말랍니다."

"그렇게 말했다고?"

"그렇습니다."

"큰일 났군."

아베는 침을 꿀꺽 삼켰다.

만일 인정하지 않을 거라면 그렇게 이쪽에 적대적으로 나올 이유가 없다.

그들이 적대적으로 나온다는 것.

그건 반대로 말하면 후쿠왕국을 인정하고 조약을 맺는 것으로 사실상 방향이 정해졌다는 뜻이다.

"젠장."

하긴 이런 기회를 놓칠 나라는 없다.

더군다나 중국과 일본은 철천지원수다.

이미 중국의 여론은 후쿠왕국을 인정하고 중국 공산군을 거기에 배치해서 일본을 정벌하자는 식으로 넘어가고 있는 상황이다.

"야베 총리, 도대체 일이 이 지경이 되도록 뭐 한 겁니까?"

주일 미군 사령관 맥 하워드는 기가 막혀서 말이 안 나왔다.

수년간 일본에서 일하면서 일본 정부의 무능을 두 눈으로 똑똑히 봐 왔지만 이런 경우는 처음이었다.

"아니, 그게 말입니다, 저희도 이렇게 될 줄은……."

"만일 중국군이 후쿠왕국에 진출하게 되면 무슨 일이 벌어질지 알고는 있는 겁니까?"

"알고 있습니다."

그때는 필연적으로 일본과 중국의 전투가 벌어질 수밖에 없다.

중국은 후쿠왕국을 인정하지만 일본은 인정하지 않으니까.

"그래서, 일본 자위대가 중국의 인민 해방군을 상대로 싸워서 이길 수 있겠습니까?"

"……."

그게 가능할 리가 없다.

중국은 세계적인 군사 강국이다.

물론 군 무기의 성능이 일본 것보다는 떨어진다고 한다.

하지만 그 어마어마한 숫자는 일본이 절대 감당하지 못한다.

“그들이 일본에 상륙하기 전에 소탕하는 것만이 유일한 방법입니다.”

“그러면 중국 해군을 일본 해군만으로 막을 수 있습니까?”

맥 하워드의 날카로운 질문. 물론 답은 ‘아니요’다.

중국은 항모 전단까지 만들어 가면서 군세를 키우는 데 노력했다.

과거라면 모를까, 지금은 일본 해군만으로 중국을 차단하는 건 불가능하다.

“그래서 상호방위조약을 맺은 거 아닙니까?”

야베는 당연하다는 듯 말했다.

그 말에 맥 하워드는 어이가 없었다.

“만일 미국이 후쿠왕국의 독립을 인정하면 그때는 어쩔 겁니까?”

“헉!”

미국 입장에서 당장 전쟁을 피하기 위한 가장 좋은 방법은 후쿠왕국의 독립을 인정하는 것이다.

“그러면 배신입니다!”

“배신은 아니죠.”

엄밀히 말해 일본과 미국의 상호방위조약은 외부에서부터의 공격에 대해 서로를 지키는 것이다.

"하지만 후쿠왕국 문제는 내전이지요."

당연히 미국 입장에서는 후쿠왕국을 공격할 이유가 없다.

내전이니까 일본이 알아서 해야 한다.

"일반적으로 우리가 내전에 간섭하지는 않습니다만……."

문제는 중국이다.

후쿠왕국이 중국에 도움을 요청하고 제후국으로 들어가겠다고 한 이상, 만일 그게 진행되면 중국의 일본 주둔은 확정된다.

"하지만 그건 명백하게 침략입니다!"

야베의 목소리가 격하게 떨리기 시작했다.

설마 미국이 그런 생각을 할 줄은 몰랐으니까.

하지만 미국 입장에서 중국은 위험한 상대다.

물론 전쟁을 하면 못 이길 것은 아니다.

그러나 약해 빠진 다른 나라와는 급이 다른 나라가 중국이다.

진짜로 전쟁을 벌이게 되면 세계대전 레벨이 될 수도 있다.

당장 억 단위의 사람들이 죽어 나간다고 해서 과연 중국이 눈이나 깜짝할까?

아니다. 그들은 죽은 만큼, 혹은 그 이상으로 아이를 강제로 낳게 할 수 있는 독재국가다.

'그 미친놈들하고 상대하려면…….'

미국은 6.25 당시에 중국을 상대했다.

기관총으로 죽이는 속도보다 병력이 보충되는 속도가 더 빠른 괴물들의 땅.

2차대전을 겪으면서 단련된 미국의 병사들조차 너무 많은 사람을 죽여서 트라우마에 미쳐 자살하게 만들어 버린 어마어마한 숫자의 군중.

"그들과 싸우려면 강력한 무기가 필요합니다."

물론 시대가 바뀐 만큼 단순히 머릿수로 전쟁을 할 수 있는 시기는 아니다.

과거 2차대전 당시의 1개 중대 화력을 1개 소대가 내고도 남는 시절이니까.

"하지만 그 무기를 쓰는 순간 전면전인 겁니다. 일본, 초토화될 생각 있습니까?"

"……."

중국에서 싸울 수는 없다.

미국도 안 된다.

한국은 전혀 상관없는 위치다.

그러면 전쟁터는 일본뿐.

그 말을 들으면서 일본의 정치인들은 사색이 되어 갔다.

"그런 거라면 차라리 후쿠왕국의 독립을 인정하는 게 우리로서는 더 나은 선택입니다."

"도…… 독립이라니요!"

"후쿠왕국에서 요청이 들어왔습니다. 독립을 인정해 준다면 중국과 똑같은 조건으로 미군이 주둔할 수 있게 해 준다고요."

"거기는 일본 땅입니다!"

"하지만 당신들이 제대로 지키지도 못한 땅이지요."

"이미 순찰을 돌리고 있습니다."

"한 줌도 안 되는 자위대 병력으로요? 그걸 가지고 후쿠시마 지역방어가 가능합니까?"

"……."

가뜩이나 얼마 안 되던 자위대 병력은, 후쿠왕국의 독립 소식과 더불어서 퇴직 신청서가 밀려들기 시작했다.

야베는 자위대가 목숨을 바쳐서 나라를 지킬 거라 생각했지만 자위대는 군대가 아니라 공무원이었고, 어쩔 수 없이 온 사람들이 대부분이다.

게다가 그마저 지원자가 너무 부족해서 자위대의 60%가 40대를 넘은 상황인데, 급기야 진짜 전쟁의 위협이 닥치자 자위관들이 너도나도 퇴직을 신청하기 시작한 것이다.

"아무리 생각해 봐도 우리 입장에서는 차라리 후쿠왕국을 인정하는 게 낫다는 결론입니다."

"그런……."

그렇잖아도 대부분의 주일 미군이 대마도 쪽에 몰려 있는 상황이다.
마치 일본이 주일 미군을 격리라도 하는 것처럼 그곳에 몰아넣었으니까.
"후쿠왕국이라면 쓸 만한 기지가 될지도 모르지요."
물론 그곳에 항구를 만들고 영구 주둔하는 건 힘들지도 모른다.
일단은 방사능오염 구역이니까.
하지만 중국이 들어오는 걸 막은 시점에서 미국은 목표를 다 이룬 셈이다.
"안 됩니다! 후쿠왕국은 절대로 인정할 수 없습니다!"
"그러면 그쪽이 어떻게 해서든 독립을 막든가요."
방법이 없는 야베는 입술을 깨물 수밖에 없었다.

후쿠왕국의 독립 문제는 전 세계를 위험하게 만들었다.
특히 중국에서 그걸 진지하게 판단하기 시작하자 더더욱 그랬다.
더군다나 미국이 이 문제에 대해 진지하게 생각한다고 발표하자 전 세계가 발칵 뒤집어졌다.

–후쿠왕국? 이놈들 진짜 머리 잘 썼네?

–와, 씨발. 한국도 가능?

–가능하겠냐? 일본이 특수한 거지!

만일 정상적인 국가라면 일이 이 지경이 되기 전에 군을 투입해서 밀어내면 그만이다.

하지만 일본에는 제대로 된 군이 없다.

가장 큰 문제는, 애초에 후쿠시마 자체가 버려진 땅이라는 거다.

가령 서울시장이 갑자기 미쳐서 서울시는 한국에서 독립한다고 발표한들 국민들이 거기에 동의할 리가 없다.

하지만 후쿠시마는 버려진 땅이고, 개별적인 의견을 제시할 사람이 없다.

애초에 땅의 대부분, 특히 항구가 들어서야 하는 해안가는 모두 후쿠왕국에 포함된 상황이다.

물론 군을 투입해서 해당 지역을 점령하는 건 가능하다.

하지만 그 군이 문제였다.

“거길 들어가라고요?”

주둔 명령이 떨어진 자위대에는 난리가 났다.

현실적으로 아무리 일본이 가면을 쓰고 국민들을 방사능 오염 지역에 밀어 넣는다고 해도, 군같이 특수한 조직은 자체 검사 능력이 있기 때문에 속일 수가 없다.

더군다나 사람이 바로 죽지만 않는다면 이미 일본은 국민들을 밀어 넣은 상황이다.

반대로 말하면, 지금까지도 사람들이 끝까지 안 버티고 들어간다는 것은 방사능오염 정도가 너무 심해서 절대 사람이 살 수 없는 곳이라는 의미다.

"항명은 국가에 대한 반역이네!"

"아직 중국이 들어온다고 확정된 것도 아니지 않습니까?"

"하지만 거기에 독립하겠다고 설치는 놈들이 있지 않나?"

"아니, 우리가 들어가도 할 게 뭐가 있습니까? 정작 그놈들은 홍콩에 있다면서요?"

상황이 웃긴 꼴이었다.

독립을 원하는 세력은 홍콩에 망명정부를 세우고 독립을 요구하는 상황이다.

"그렇다고 가만둘 수는 없네."

중국이 현재 후쿠왕국을 인정할 거라고 생각하는 가장 큰 이유는 바로 이 점이었다.

현재 중국은 홍콩에서 망명정부를 보호하고 있다.

현실적으로 그 망명정부를 인정한다는 것은 그 나라의 주권을 인정한다는 걸 의미한다.

그리고 그 말은, 중국이 후쿠왕국에 대해 아주 좋게 생각하고 있다는 것이다.

"이게 무슨 의미이겠나?"

후쿠왕국을 인정하고 일본의 모가지에 칼을 들이밀겠다는 거다.

"거기에 주둔지를 만들 수는 없습니다."

"거기도 제염 작업은 거의 끝내 놨네."

"지금 장난하십니까?"

부하들의 말에 야토는 답답했다.

자신이 명령을 내려야 하는 처지이기는 하지만 누구보다 그곳에 대해 잘 아는 사람이니까.

"우리는 군인이야. 명령이 떨어지면 행해야 하네."

"차라리 전쟁터를 가라고 하지 왜 하필이면 후쿠시마입니까?"

눈 가리고 아웅식의 제염 작업?

그걸 한다고 한들 바로 옆에 있는 폐발전소에서 나오는 방사능은 어쩔 수가 없는 일 아닌가?

"절대 안 됩니다. 절대 못 갑니다."

지금까지 일본은 군대라는 조직으로서 자위대가 운영되지 않았기 때문에 부하들의 반기는 점점 심해지고 있었다.

아침부터 난리가 났다.

그럴 수밖에 없는 게 중국에서 후쿠왕국을 인정한다는 발

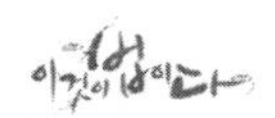

표를 했기 때문이다.

완전 눈 가리고 아웅이었지만 진짜로 그게 성공할 줄은 누구도 생각하지 못했다.

"아니, 이걸 승인한다고?"

"중국은 국제적 규칙이나 정의는 상관하지 않습니다. 오로지 권력과 정복욕뿐이지요. 가장 극단적인 자본주의국가 중 하나 아닙니까? 웃기지만요."

유민택은 이 황당한 사건의 진행을 보면서 혀를 찰 수밖에 없었다.

노형진의 말마따나 중국은 공산주의 국가지만 정작 어느 나라보다 자본을 추구하는 나라다.

그렇다 보니 상황이 웃기게 돌아가기 시작했다.

중국이 후쿠왕국을 인정하고 이에 일본과 미국이 격하게 항의하면서 분위기는 살벌하게 변해 갔다.

미국이 추가로 항모 전단 세 개를 더 보내기로 결정하면서, 전 세계에 3차대전의 그림자가 진하게 서리고 있었다.

"진짜로 3차대전을 일으킬 생각은 아닌 거지?"

"그럴 리가요. 저도 사람입니다. 그리고 애초에 중국도 그냥 저렇게 뻥카 치는 거지 진짜로 3차대전을 일으키지는 못합니다."

"어째서?"

"중국은 세계적으로 힘이 약하니까요."

해외에 세력을 확장하면서 오랫동안 노력한 중국이지만 사실 아직까지는 미국보다 힘이 약하다.

하물며 단순 무력이나 국력에서도 그 지경인데, 그의 편을 들어 주는 나라들은 거의 없다.

"중국의 자본을 받아들이는 걸 따뜻한 젖꼭지를 빤다고들 하지요."

하지만 그건 어디까지나 전쟁이 아닌 상황에서나 통용되는 말이다.

만일 3차대전이 벌어지면 대부분의 나라가 중국을 버리지 절대로 미국을 버리지는 않는다.

"결국 3차대전은 결코 일어나지 않습니다."

"하지만 후쿠왕국의 독립은 이뤄진 거 아닌가? 일단 공식적으로는 말이지. 승인국이 중국뿐이기는 하지만."

물론 진짜로 독립할 계획은 없다지만, 중국과 미국 그리고 일본의 갈등은 극한을 향해 달려가고 있었다.

"압니다. 중국에서 대단위 선단을 준비하고 있다는 이야기가 있더군요."

"대단위 선단?"

"허가하는 순간 바로 항구에 몰려가 정박하겠다 이거죠."

그러기 위해 어마어마한 숫자가 중국의 항구로 몰려들고 있었고, 수송 선단을 따로 준비하면서 인민 해방군까지 준비하는 게 정보 라인에 걸렸다.

"미국에서도 이걸 모르지는 않을 테니 아마 머리가 꽤 아플 겁니다."

"미국에도 같은 조건을 내걸었다면서?"

"맞습니다. 미국 입장에서는 이게 골 때리는 상황이 되거든요."

무시하자니 중국이 들어갈 테고, 받아들이자니 대놓고 일본의 뒤통수를 치는 거다.

"그러니 이제 우리가 슬슬 최후의 떡밥을 던질 시간인 것 같네요."

"최후의 떡밥? 그러고 보니 진짜로 독립할 건 아니라고 했지."

유민택은 그 부분이 궁금했다.

노형진은 진짜 독립하지는 않는다고 했다.

3차대전의 가능성까지 있는 상황에서 그건 너무 위험한 결정이라고 말이다.

"그러면 이 상황을 어떻게 할 건가?"

"간단합니다."

노형진은 씩 웃으며 말했다.

"팔아야지요."

⚖

"이런 미친놈들!"

주일 미군 사령관 맥 하워드는 저도 모르게 욕을 내뱉었다.

후쿠왕국이라는 놈들이 한 말이 상상을 초월했기 때문이다.

"나라를 통째로 판다고?"

그 이야기를 듣는 순간 그는 그놈들의 목적이 단순히 정치질이나 독립이 아니라는 걸 알았다.

"이놈들, 진짜 머리 좋은 놈들이군요."

맥 하워드의 보좌관은 혀를 내두르며 말했다.

상대방은 독립이라는 이름으로 몸값, 아니 땅값을 미친 듯이 올려놨다.

그 땅은 현실적으로 버려진 땅이고 쓸 수도 없다. 하지만 그 존재 자체를 전략요지로 만들어 버림으로써 가격을 올려 버렸다.

"그걸 판다고? 하."

"어이가 없네."

후쿠왕국은 미국과 일본에 거래를 시도해 왔다.

적당한 돈을 주면 독립을 포기하고 땅을 전부 일본에 넘기겠다고.

"그들이 요구한 돈이 얼마야?"

"총 2조 엔입니다."

"2조 엔?"

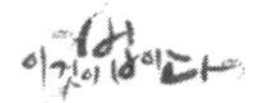

한화로 대략 21조 3천억쯤 되는 돈이다.
절대 작은 돈이 아니다.
"이거, 노린 거 맞지?"
맥 하워드는 기가 막혀서 말이 안 나왔다.
이건 진짜 생각도 못 한 일이니까.
"확실히 노린 거 맞습니다. 현 상황에서 일본이 이 땅을 사지 않으면 중국의 상륙을 막을 가능성이 없습니다."
보좌관의 말에 혀를 끌끌 차는 맥 하워드.
"만일 일본군이 자위대를 동원하면?"
"그때는 중국과 상호방위조약을 맺는다고 하더군요."
"개소리를 하는군."
문제는 그게 단순한 개소리로 끝나지 않는다는 거다.
실제로 중국은 이 소식을 듣고서도 함대를 준비하고 있다.
이미 상륙할 준비를 하고 있다는 것.
"아마도 땅을 판다면 일부를 받는 조건으로 받아들였을지도 모르지요."
"어이가 없군. 그러면 그놈들을 막을 방법이 없는 거야?"
"현실적으로는…… 가장 좋은 방법은 땅을 사는 것입니다."
중국군이 일본에 상륙하는 순간 경제적 피해는 2조 엔과는 비교할 수 없을 정도로 심각한 상황이 된다.
"야베 총리는 뭐래?"

"자기 땅을 자기들이 살 수는 없다고……."

"그러면 제대로 방어라도 하든가."

맥 하워드는 고개를 절레절레 흔들었다.

"이건 협상을 통해 땅을 그나마 싸게 사는 게 답이겠군."

"하지만 그게 쉽지는 않을 겁니다, 사령관님."

"일본 입장에서는 미치고 팔짝 뛸 일이겠지."

거기에 사람이라도 살고 있으면 어떻게 우기기라도 하겠는데, 사람도 살지 않는 곳이다.

당장 일본이 한국의 독도를 자기 땅이라고 주장하면서도 섣불리 움직이지 못하는 이유가 거기에 민간인이 있기 때문이다.

만일 거기에 사는 민간인을 일본에서 죽인다면 한국이 일본에 전쟁을 선포할 테고, 그날부터 일본에는 지옥문이 열린다.

전쟁 발발 시, 현실적으로 미국은 한국군의 일본 상륙 가능성을 대략 70% 정도로 판단하고 있다.

그리고 한국의 어마어마한 숫자의 육군이 상륙하는 그 순간 일본은 구석기시대 이전으로 돌아갈 거라 예상하고 있다.

한국 입장에서는 가장 강력한 라이벌을 박살 낼 수 있는 기회라고 생각할 테니까.

그런데 정작 후쿠시마는 문제가 될 만한 민간인이 하나도 없다.

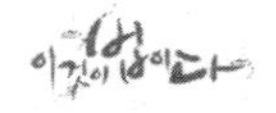

유일하게 소유권을 주장하는 놈들은 독립파다.

그리고 그 땅을 팔겠다고 나섰다.

“국가 단위에서의 거래가 불법은 아니지만…….”

과거에 알래스카도 미국이 러시아에서 구입한 땅이다.

그런 만큼 독립을 인정한 이상 중국은 거래가 가능하다고 생각할 것이다.

“아마도 중국은 상륙이 힘들다고 해도 그 땅을 자기들이 사려고 할 겁니다.”

“그러겠지. 중국 입장에서는 어떤 결과가 나와도 손해가 아니니까.”

맥 하워드는 한심하다는 듯 말했다.

“야베 얼굴이 진짜 볼만하겠군.”

⚖

“누구 마음대로 판다는 거야!”

야베는 거의 숨이 넘어갈 듯 분노해서 길길이 날뛰었다.

그 미친놈들을 중국이 인정한 것도 문제가 심각한데, 그놈들이 그 땅을 통째로 팔겠다고 발표한 것이다.

“중국에서는 그 땅을 사겠다고 의견을 밝혔습니다.”

“이런 망할 개 같은 중국 놈들!”

중국에서 거기를 사려고 하는 이유는 뻔하다.

일본에 중국군을 상륙시키기 위해서다.

"각하, 우리가 사야 합니다. 중국과의 거래가 끝나면 우리는 진짜 위험해집니다."

"자위대를 투입해서 깔아뭉개 버려!"

"각하! 그게 안 됩니다! 중국에서 상호방위조약을 긍정적으로 생각하겠다고 주장하고 있습니다!"

"어억."

그렇게 되면 후쿠왕국이 공격받는 순간 중국은 일본에 무조건 상륙하게 된다.

미국 입장에서도, 상호방위조약이 체결되어 있긴 하지만 일단 후쿠왕국이 중국에 인정받은 이상 침략으로 보기도 애매하다는 게 문제다.

"도대체 왜 이딴 식으로 한 거야?"

차라리 땅을 중국에 판다고 하면 이해라도 한다.

그런데 굳이 복잡하게 독립하고 그 후에 중국에 파는 형태로 넘기는 건 야베 입장에서는 이해가 가지 않았다.

"아마도 그곳에 함대 주둔 문제가 있어서 그런 것 같습니다."

만일 그냥 땅을 팔았다면 소유권은 중국에 있을지언정 중국은 그곳에 함대를 주둔하거나 군대를 상륙시킬 수는 없다.

하지만 이미 독립이라는 과정을 거친 덕분에 이제 그들이 하는 모든 행동은 하나의 국가로서의 행위가 되었고, 그걸 일본에서 뭐라고 할 수가 없는 상황이 되어 버렸다.

최소한 중국은 독립을 인정했기 때문이다.

"망할 중국 놈들."

야베는 이를 빠드득 갈았다.

마음 같아서는 당장이라도 자위대를 보내서 다 죽이고 싶지만 그놈들은 일본이 아니라 중국 홍콩에 망명정부를 세웠고, 그건 심각한 경우 일본이 중국에 멸망당할 수 있을 정도로 큰 문제였다.

"각하, 가장 좋은 방법은 구입하는 겁니다."

"구입……."

"2조 엔이면 못 살 정도는 아닙니다. 다만 예산이 많이 부족해지겠지만……."

침을 꿀꺽 삼키며 말하는 남자.

이미 일본의 예산은 1천조가 넘어가고 있다.

후쿠시마 재건에 너무 많은 돈이 들어갔다.

아니, 정확하게 표현하자면 그 핑계로 너무 많은 돈을 빼돌렸다.

"그 안에서 2조라면…… 부담은 될지언정 못 낼 정도는 아닙니다."

"결국 사기꾼한테 놀아나는 거 아니야!"

"하지만 상황이……. 각하, 자존심으로 버틸 수 있는 상황이 아닙니다."

야베는 이를 악물었다. 자존심이 상했다.

하지만 현 상황에서는 달리 방도가 없다는 것을 그 또한 알고 있었다.

결국 야베는 한숨을 푹 쉬었다.

“협상 팀을 보내 봐.”

그는 이를 빠드득 갈면서 말했다.

후쿠시마 방사능오염 지역에 대한 판매 계획.

말도 안 되는 사기에 가까웠지만 일본으로서는 방법이 없었다.

중국이 상륙하기 위해 함대를 구성한다는 사실이 알려지면서 주가가 대폭락하고 국가파산 경고까지 떴기 때문이다.

“결국 팔기는 팔았군.”

협상해서 최종 가격 15조에 판매된 후쿠시마 지역.

“원래 거기 사는 데 1조도 안 들지 않았나?”

“그것도 안 들었죠. 다 버려진 땅이니까.”

“기가 막히는군.”

어마어마하게 사들인 땅. 그걸 무려 열다섯 배가 넘는 가격에 팔아먹은 거다.

“이제 일본은 거기를 진짜 재건해야 할 겁니다.”

그동안 재건이라는 이름하에 돈을 빼돌려 먹던 일본이다.

하지만 이제는 그 지역을 진짜 재건하지 않으면 또 똑같은 일을 당할 수도 있다는 위험이 생겼다.

"뭐, 일본의 성향을 생각하면 재건 쪽보다는 국민들이나 자위관들을 그쪽에다가 밀어 넣는 걸 추진하겠지만요."

솔직히 말해서 노형진과는 상관없는 일이다.

중요한 건 일본이 치명적인 타격을 입었다는 거다.

"일본 내부에서는 올림픽의 개최 권한을 반환하자는 이야기가 나오는 모양이더군요."

"그럴 만하지."

유민택은 알 것 같다는 듯 말했다.

"현실적으로 올림픽이 성공한 적은 단 한 번도 없으니까."

올림픽은 꿈의 제전이니 전 세계의 화합의 한마당이니 어쩌니 하지만, 사실 경제적 부분에서 보면 절대적으로 마이너스다. 역사상 흑자 올림픽은 오로지 서울올림픽대회뿐이다.

그마저도 타이밍이 좋아서 성공한 거다.

그 전에는 냉전 시기라 공산주의 국가에서 올림픽을 개최하면 서방국가가 참석하지 않았고, 서방에서 올림픽을 개최하면 공산주의 국가가 참가하지 않았기 때문이다.

그러다 서울올림픽대회부터 이념과 상관없이 참가하면서 흑자가 난 거지, 사실 올림픽은 구조적으로 적자를 볼 수밖에 없다.

"아마 야베는 올림픽을 포기하지 못할 겁니다."

올림픽이라는 프로파간다를 통해 일본이 재건되었다는 걸 홍보하고자 하는 야베의 꿈이 있으니까.

"물론 그게 쉽지는 않을 테지만."

노형진이 예산을 왕창 털어먹었으니까.

"그리고 조만간 더 크게 털어먹을 거니까요."

"더 크게 털어먹을 거라고?"

유민택은 놀랍다는 표정으로 말했다.

"네. 아마 그때는 일본도 더는 못 버틸 겁니다."

"왠지 살벌하겠군."

유민택은 실실 웃음이 나왔다.

"그나저나 말일세, 그 돈은 어쩔 건가?"

일본으로부터 받은 어마어마한 돈.

그 돈은 현재 중국의 계좌에 들어 있다.

"그건 안 꺼낼 겁니다."

"안 꺼낸다고?"

"네. 분명 그 돈을 꺼내면 일본에서 추적할 테니까요."

일본은 바보가 아니다.

어떻게 해서든 추적해서 범인을 잡으려고 할 것이다.

인터넷을 통해 아이피를 속여 가면서 쇼를 하는 건 가능하지만 자금 흐름을 추적하는 걸 뿌리치는 데에는 한계가 있다.

"특히 이런 돈은 세탁도 불가능합니다. 국가 단위에서 감시할 테니까요."

"아깝지 않나?"

"전혀요."

노형진은 어깨를 으쓱했다.

하지만 유민택은 우려 섞인 표정이 되었다.

"하지만 그걸 그곳에 두면 중국에서 욕심을 낼 텐데?"

"알고 있습니다. 그러라고 거기에 두는 겁니다."

"응? 어째서?"

"중국이 거기에 손대는 순간 일본과 중국은 돌이킬 수 없는 강을 건너게 될 테니까요."

일본 입장에서는 이 모든 계획이 중국에서 나온 거라고 생각할 테고, 그때부터 경제, 사회, 정치 모든 면에서 중국과 적대하기 시작할 것이다.

"아마도 일본에서 중국 쪽으로 진출한 기업들이 조금씩 돌아오기 시작할 겁니다."

노형진은 피식 웃으며 말했다.

"양쪽의 경제가 몰락할수록 이득을 보는 건 우리지요, 후후후."

그 돈도 적당한 시기에 국제사회 단체에 기부하면 그만이다.

그 후에는 자신들을 추적하지 못한다.

"결국 이번에도 자네 손아귀에 양쪽 다 놀아난 셈이구만."

"그런 거죠."

노형진은 여유로운 미소를 지으며 창밖으로 시선을 돌렸다.

"아마도 지금쯤 일본은 속이 쓰려서 미칠 것 같을 겁니다."

사자의 새끼는 사자다

"아저씨."

"응? 왜?"

노형진은 자신의 사무실에 와서 일단 자세부터 잡고 앉는 아이를 보면서 물었다.

"네가 이 시간에 어쩐 일이냐? 학교는?"

노형진은 시계를 힐끔 확인하면서 말했다.

오후 2시. 아직 학교가 끝날 시간은 아니다.

애초에 그의 학교는 여기서 멀다.

즉, 이 녀석은 오늘 학교에도 안 가고 바로 여기로 온 것이다.

"영민이 너 그러면 엄마가 이놈! 한다?"

"아니, 아저씨! 제가 무슨 애도 아니고 그런 말에 겁먹겠어요?"

유영민은 툴툴거리면서 입을 삐쭉 내밀었다.

그런 유영민을 보면서 노형진은 피식 웃었다.

"넌 나한테는 애야, 인마."

"아, 진짜. 엄마 말 들어 보니까 아저씨는 나 때 벌써 나라를 구하고 다녔다는데."

"나라는 안 구했지만 네 할아버지는 구했지."

유영민.

유민택의 하나뿐인 손자이자 대룡그룹의 후계자.

노형진이 그녀의 어머니인 강소영을 만난 것이 시대가 바뀐 가장 큰 부분 중 하나였다.

그녀를 구하면서 노형진은 대룡과 만났고, 대룡을 성화로부터 구하고 성화를 몰락시키면서 그렇게 대한민국의 미래가 바뀌었다.

"그런데 진짜 어쩐 일이야? 단순히 심심해서 여기까지 온 건 아닐 테고."

"할아버지 때문에 짜증 나서 그래요."

"짜증? 회장님이 뭐라 하시던?"

"아니, 그건 아닌데……. 아시잖아요, 할아버지."

축 늘어지는 유영민.

그 모습을 보면서 노형진은 피식 웃었다.

"그래, 너희 할아버지가 좀 호들갑이 심하기는 하지."

두 아들이 죽고 셋째는 남의 자식이었던 그 사건은, 결국 유민택이 성화에 복수하게 만들었다.

이제 유일하게 남은 핏줄이 손자 유영민이다.

그러니 애지중지가 심하다 못해, 어려서부터 넘어지기라도 하면 일단 구급차부터 불렀다.

"요즘 애들 보면 있잖아요? 아주 돌겠어요, 돌겠어. 이게 생각은 하고 사는 건지."

"지금 네가 할 말은 아닌 것 같은데?"

"엄마가 아니었으면 나도 그런 애들이 되었을 걸 생각하니까. 어휴."

"하하하."

유영민이 다니는 학교는 당연히 서울에서도 부자들만 다니는 학교로 유명하다.

그런데 그렇다 보니 웃기지만 급이 나뉜다.

아이들의 급이 나뉘는 게 아니라, 아이들의 교육에 대한 태도가 달라진다.

유영민 같은 경우는 유민택이 아무리 호들갑을 떨어도 엄마인 강소영이 기준을 딱 잡고 제대로 키우려고 노력한 덕분에 이상한 아이로 자라지는 않았지만, 돈만 있는 집에서는 후계자 교육 없이 그냥 금이야 옥이야 키우는 바람에 마마보이가 되는 경우가 많았으니까.

"할아버지도 후계자 교육에 대해서는 이빨도 안 들어가고. 내 나이가 고작 열여덟 살인데, 으으…… 억울해."

"나는 열다섯 살에 대룡이랑 담판을 지었다."

"그게 문제라니까요. 아저씨 같은 괴물이 있으니까 기준이 너무 높이 올라가잖아요. 죽겠네, 증말."

툴툴거리면서 아예 소파에 벌러덩 누워 버리는 유영민.

"말 돌리지 말고. 내가 너랑 한두 해 보냐? 왜 온 거야?"

핏줄이라는 게 어디 가는 게 아니다.

교육도 교육이지만 핏줄이라는 건 대단해서, 유영민은 가끔 유민택이 어렸을 때를 상상하는 게 어렵지 않을 정도로 돌발 행동을 하기도 했다.

'하긴 그러니까 회장님이 어떻게 해서든 후계자로 키우려고 하지.'

만일 유영민이 그저 그랬거나 쓰레기였다면 절대 후계자 자리는 주지 않았을 것이다.

"끄응차."

유영민은 자리에서 일어나서 노형진을 바라보았다.

"음…… 사실대로 말해도 돼요?"

"뭔데?"

"죽여 버리고 싶은 애가 있어요."

"죽여? 아니, 그게 무슨 말이냐?"

"아니…… 죽인다기보다는……."

유영민은 머리를 긁적거렸다.

"음, 표현이 적절하지 않았네요. 요즘 애들은 워낙 죽인다는 표현을 입에 달고 다녀서……."

"너도 요즘 애다."

"그렇기는 하네요. 음…… 그러니까 제치다? 아니…… 꺾는다고 표현하고 싶은데요."

"꺾어?"

노형진은 고개를 갸웃했다. 이해가 가지 않았으니까.

유영민은 대룡의 후계자다.

그의 존재만으로도 학교에서는 신경을 쓰며, 그가 할아버지인 유민택에게 스치듯 말하는 것만으로도 그 대상이 누구든 밟아 버릴 수 있다.

물론 그 과정에서 약간의 피바람이 불겠지만.

어찌 되었건 유영민이 누군가와 싸우려고 한다 해도 애초에 싸움이 안 된다.

다만 유영민이 그걸 가능하면 하지 않으려고 할 뿐이다.

강소영은 힘이 있다고 해도 적을 만들면 안 된다고 생각하는 사람이기 때문이다.

"도대체 무슨 일인데?"

"일단…… 정식으로 의뢰 들어가도 되나요?"

"의뢰라……."

노형진은 자리에서 일어나 유영민의 맞은편 소파에 앉았

다.

"너 생각보다 진지한 모양이구나."

"진지해요, 제가 모아 둔 용돈 다 털어야 할 만큼."

"음……."

유영민이 이러는 경우는 본 적이 없기에 노형진도 진지하게 물었다.

"도대체 무슨 일인데?"

"학교 내부에 파벌이 있는데요, 어른들이 그걸 통제하지 못해요."

"파벌? 무슨 파벌?"

"엠퍼러소드."

"뭐야, 그건?"

"황제의칼요."

"내가 그 의미를 몰라서 묻는 게 아니잖니?"

도대체 학교에서 무슨 황제의칼 같은 중2병 넘치는 이름이란 말인가?

물론 아직 고등학생이니 대충 그런 미친놈들이 나올 수도 있겠지만…….

"학교 내에서도 있는 놈들이 세력화된 거예요. 쉽게 말해서 부잣집 자식들이죠."

"흠……."

노형진은 턱을 문질렀다.

단순히 부잣집 자식이라는 이유로 유영민이 적대할 이유는 없다.

애초에 그들 사이에서도 독보적인 존재가 바로 유영민 아닌가?

유영민이 진짜로 나서서 설치기 시작하면 그와 대등하게 싸울 수 있는 존재가 얼마나 될까?

'어쩌면 그게 문제일지도 모르겠군.'

노형진은 유영민이 뭘 말하려고 하는지 대충 알 것 같았다.

"브레이크가 없는 거구나, 그놈들."

"정확하게 아시네요. 역시, 아저씨 짱."

한국에는 학군이라는 게 있다.

재벌인 유민택이 사는 지역에는 당연히 부자들이 제법 많다.

하지만 모든 것은 상대적인 부분이 있다.

그 지역의 30억짜리 아파트에서 사는 사람이라도 유민택이나 재벌가 입장에서는 거지나 다름없다.

다시 말해서 이쪽에서 뭔 짓을 한다고 해도 보복을 못 한다는 거다.

"네가 이렇게 말하는 걸 보니 생각보다 심각한 상황인가 보구나."

유영민은 적을 만드는 타입이 아니다.

특히나 부자들이 전쟁에 들어가면 얼마나 개판이 되는지

잘 알기 때문에 부자들을 적으로 만들려고 하지는 않는다.
나이는 어리지만 그 정도 식견은 있는 아이다.
그런 아이가 노형진에게 와서 이야기한다?
"그놈들이 학교 여자들을 건드리는 것 같아요."
심각하고 진지한 표정으로 말하는 유영민.
순간 노형진의 입꼬리가 씨익 올라갔다.
"그으래?"
이건 선을 넘은 거다. 아주 많이, 넘은 거다.
"아, 학교 여자라는 말에는 선생님도 포함된 겁니다."
"미쳤군."
아무리 교권이 바닥으로 떨어졌다지만 학생이 선생을 건드린다?
이건 제정신이 아니라는 가장 강력한 증거다.
"하지만 브레이크가 없죠. 아시잖아요."
"그렇지."
학교는 결코 그 지역 사람들만 가는 공간이 아니다.
공립이라면 발령받아서 가는 곳이고, 사립이라면 신청해서 면접을 보고 가는 곳이다.
"너희 학교가 사립이었지?"
"네."
"흠……."
노형진의 머릿속에 대충 그림이 그려졌다.

사립에 들어가기 위해서는 대략 1억 정도의 뇌물을 줘야 한다는 이야기가 있다.

그런데 틀린 말은 아니다.

실제로 대놓고 그런 경우가 많다.

특히나 유영민이 다니는 학교는 서울 내에서도 최고의 학군에 속하며 또 최고의 지원을 받는다.

좀 독하게 말하면, 학교에서 탱자 탱자 놀면서 수업을 전혀 듣지 않는 학생이라 해도 과외를 통해 한국대에 보낼 수 있는 능력자들이 대거 포진한 동네가 바로 그곳이다.

"그렇다 보니 선생님들이 통제를 못해요. 뭔 일만 있으면 일단 변호사가 달려오니까."

"경찰은?"

"뭐, 경찰도 뻔하죠."

어깨를 으쓱하는 유영민.

"참다못한 애가 신고한 적이 있거든요."

"그런데?"

"경찰에서 사건을 무마했어요. 함초롱이라고, 그때 제가 여기에 소개해서 재판을 의뢰했는데요?"

"함초롱? 내가 한 게 아니라서. 잠깐만."

노형진은 직원에게 부탁해 해당 사건의 자료를 받았다.

그리고 그걸 보고는 고개를 끄덕거렸다.

"그렇구나."

혐의 없음. 그게 최종 결론이었다.

학교 폭력으로 고소했지만 학생들이 증언을 거부했고, 선생님도 그런 일이 없다고 딱 잡아뗐으며, 학교 폭력의 증거도 없었다.

"가해자가……."

"박시우, 신태동, 장거산. 이 세 놈이 주범이에요."

유영민은 진지하게 말했다.

"결국 피해자가 이사하는 걸로 끝났군."

"방법이 없었으니까요."

학교 폭력은 교묘하게 이루어졌다.

몸에 상해를 남긴 것도 아니고 돈을 빼앗은 것도 아니다.

심지어 녹음을 방지한다면서 핸드폰도 빼앗았고, 수색한다는 명목으로 옷까지 싹 다 벗겼다.

"제대로 배운 놈들이군."

이렇게 할 수 있다는 건, 한 가지뿐이다.

누군가가 이런 방법을 알려 줬다는 것.

새론이 어떤 식으로 방어하는지 아는 놈, 즉 변호사가 알려 줬다는 의미다.

"그 세 놈이 엠퍼러소드의 주요 핵심 멤버구요."

유영민은 진지하게 말했다.

"그리고 각각 대기업의 후계자들이에요. 우리보다는 못하다고 하지만."

"하아."

하긴 재벌가 자녀의 인성 파탄은 흔한 일이다.

초등학교 2학년이 자기를 태워다 주는 운전기사에게 발길질을 하면서 잘라 버린다고 할 정도니까.

"그런데 3대 재벌가 놈들이 뭉치면 학교에서 브레이크를 거는 건 불가능하지."

"네. 학교는 그놈들의 왕국이에요, 제가 들은 소문으로는."

"소문?"

"네. 여자애를 딱 집어서 오라고 했는데 안 왔다, 그러면 다음 날 아빠가 해고된다고 하더라고요."

"미친놈들인가?"

노형진은 눈을 찌푸렸다.

그런 지역에 산다는 것 자체가 회사 내부에서도 중역이라는 의미다.

그런데 잘린다니. 그 말은 회사에서도 그들의 말이 우선이라는 거다.

"어이가 없군."

"네. 그리고 아까 말하다 말았잖아요, 선생님 문제. 얼마 전에 선생님 한 분이 그만두셨는데…… 임신이라는 소문이 돌아요."

"임신?"

"네. 그런데 그 선생님, 미혼이거든요. 그 이후에 아예 그 선생님 이름은 입에 올리지도 못하게 하는 분위기예요."

그런 상황이라면 의심이 갈 수밖에 없다.

노형진은 그 말을 듣다가 고개를 끄덕거렸다.

"알았다. 이 문제는 내가 알아보마. 하지만 네가 몰래 하는 건 안 된다."

"아니, 왜요?"

"싸우게 되면 기업 간 싸움이 될 거야. 너도 그게 뭘 의미하는지 알지?"

"끄응, 그럼 그냥 모른 척할까요?"

"잘도 모른 척하겠다."

모른 척할 놈이면 여기까지 오지도 않았을 것이다.

그런데 여기까지 온 이유는 간단하다.

할아버지인 유민택이 노형진을 믿으니까 자기 대신 설득해 달라는 거다.

"내가 네놈 머리 꼭대기 위에 있다, 이놈아."

"헤헤헤."

"일단 이 문제는 내가 한번 이야기해 보마."

노형진은 유영민의 머리를 쓱쓱 문지르면서 말했다.

"허, 그런 일이 있었나?"

"몰랐어요. 영민이가 학교 이야기는 잘 안 해서요."
유민택은 고개를 흔들었고 강소영은 눈을 찌푸렸다.
"학교를 옮겨야 할까요, 아버님?"
"아니다. 그래도 대룡의 핏줄인데 도망간다는 느낌으로 가 버리면 그쪽에서 만만하게 볼 거다."
"하지만 교육적으로……."
강소영은 우려 섞인 표정이 되었다.
하긴 학부모들에게 있어서 가장 중요한 건 교육이니까.
"제가 봐서는 차라리 남는 게 나을 것 같아요. 도망간다는 게 교육적으로 좋은 건 아니잖아요. 차라리 당당하게 맞서 싸우는 게 교육적으로는 더 나을걸요."
"그런가요?"
강소영은 고민에 빠졌다.
그사이 노형진은 유민택에게 질문을 던졌다.
"이런 게 가능합니까?"
"가능하지. 사실 재벌가는 자기들이 다른 종자들인 줄 아니까. 나처럼 스스로 일어난 세대가 아니라면 일종의 귀족쯤으로 인식한다네."
"그래도 저는 이해가 안 가는데요."
애들은 이제 고작 열여덟 살이다.
그런데 그런 애들이 찍었다고 기업을 망하게 하거나 회사에서 해직당하게 한다?

그건 정상적인 사람이 할 일이 아니다.

상식적으로 정상적인 사람이라면, 그런 아이들은 때려서라도 훈계를 해야 한다.

“그건 말이지, 일종의 교육이야.”

“애 교육상 안 좋은 것 같은데요.”

노형진이 그렇게 말하면서 되묻자 유민택은 피식 웃었다.

“교육의 대상이 틀렸네.”

“네?”

“교육의 대상은 애가 아니라 사회와 조직이야. 우리 집안에 저항하면 파멸시키겠다는.”

“자기들이 잘못했다고 해도?”

“그건 중요하지 않아.”

오로지 자신들의 말이 맞으며 자신들에게 저항하지 못하게 하는 게 그들의 목적이다.

“그래서 애들이 ‘내 마음에 안 들어.’라는 말 한마디만 해도 나서서 죽여 버리는 거지. 아마 비서도 감시할 테고.”

“비서요?”

“정확하게는 담임일 걸세. 비서가 그 안에 들어가지는 못하니까.”

눈치를 보다가 그 아이들에게 저항하거나 싸우려고 하는 애들을 보고해서 보복하게 하는 거다.

“그런 게 가능합니까?”

"재벌가들의 마인드는 일반인들과 다르네. 이런 말 하긴 그렇지만…… 나도 애들이 죽지 않았다면 그렇게 바뀌었을지도 모르네."

유민택은 씁쓸한 얼굴로 강소영을 바라보았다.

강소영이 유영민을 데리고 오지 않았다면, 어쩌면 대룡은 돈만 노리는 집단이 되었을지도 모른다.

애초에 성화에 당해 살아남지도 못했을 것이다.

"학교 폭력인 건가요?"

강소영이 걱정스럽게 물었다.

노형진은 그런 그녀의 질문에 고개를 흔들었다.

"아니요. 이건 학교 폭력의 문제가 아닙니다. 권력의 문제죠."

학교 폭력은 학생이 학생에게 하는 행동이다.

하지만 이건 재벌가가 학교라는 작은 세계를 지배하는 거다.

"아가야, 이놈들은 미리 주변 인물들을 길들여 놓을 생각인 거란다."

유민택은 푸념하듯 말했다.

"두려움을 가져야 자신들에게 저항하지 못하니까 말이다."

"잔인하네요."

"잔인하지. 하지만 그게 현실이란다."

더군다나 학교 하나에서 벌어지는 일이니 언론에 나갈 일이 없고, 경찰도 사건을 무마하는 것 외에는 선택지가 없다.

"대룡에서는 그들에게 브레이크를 걸 수 있습니까?"

"그게 문제야. 우리가 브레이크를 걸 수는 없네."

그들은 각각 다른 기업이다. 그들이 규모가 대룡보다 작다고는 해도 대기업으로 분류된다.

"자식 문제에 대해 우리가 건드리면 그쪽도 반발할 거야. 물론 항의 정도는 할 수 있겠지만."

"그러면 방법이 없다?"

"없지."

좀 독하게 말하면 그 중2병에 미친놈들에게 당하는 아이들은 대룡과 하등 관계가 없다.

당연히 대룡 입장에서는 그 애들을 위해 다른 기업과 전쟁을 할 수는 없는 노릇이다.

"영민이 마음을 모르는 건 아니야. 하지만 그러기에는 너무 위험부담이 커."

유영민은 친구들이 당하는 걸 보면서 가슴이 아플 수도 있다. 애니까.

하지만 그걸 막으려고 나서는 순간 진짜 애들 싸움이 어른 싸움이 된다.

그것도 어마어마하게 큰 규모의 싸움이.

"대룡도 미래를 위해서는 성장해야 하네. 적을 많이 만드는 건 결코 좋은 일이 아니야."

노형진에게 진지하게 말하는 유민택.

노형진은 고민을 하다가 강소영을 바라보았다. 유민택이 대룡의 입장이라면 강소영은 부모의 입장이니까.

"어떻게 생각하세요?"

"제가 봐서는 이 문제는……."

강소영은 잠깐 침묵을 지키다가 조심스럽게 입을 열었다.

"우리가 도와줄 수 있다면 도와줬으면 좋겠어요."

"도와줄 수 있다면 도와준다라……."

"네. 물론 우리에게 피해가 오지 않는 선에서요. 아버님 말마따나 우리가 전쟁을 할 수는 없으니까요."

"확실히 다르네요."

아마 다른 사람들이라면 정의를 우선시할지도 모른다.

하지만 정의가 언제나 우선은 아니라고, 이들은 생각하고 있었다.

"노 변호사도 알지 않나? 세상에서 정의를 주장하는 게 얼마나 의미가 없는지. 그걸 관철할 힘이 있다면 모르지만, 없다면 개죽음을 불러올 뿐이야."

"하지만 대룡은 힘이 있지 않습니까?"

"그렇겠지. 하지만 그래서? 자네가 말한 대로 여기서 학생들을 구했다고 치세. 그래서 그 세 개의 기업과 싸워서 이겼다고 쳐 보세. 그러면 다른 사람들은? 저런 마인드를 가진 사람들이 재벌뿐이리라고 생각하나?"

아니다. 재벌이 아니더라도 저런 생각을 가진 사람들은 넘쳐 난다.

"그 말이 맞습니다. 재벌가라고 미친 게 아니고 가난하다고 정상인 건 아니지요."

아마 사람들은 가난한 사람들이 갑질 하는 걸 보면 혀를 내두를 것이다.

재벌은 돈이 그들을 미치게 만든다면, 가난한 사람들은 자격지심이 그들을 미치게 만든다.

"흠……."

노형진은 잠깐 고민하다가 슬쩍 입을 열었다.

"만일 그들과 싸우지 않고 문제를 해결할 방법이 있다면 하실 겁니까?"

"원한다면 해야지."

유민택도 손자가 밀려서 도망가는 건 원하지 않는다.

더군다나 자신들이 잘못한 것도 아닌데 말이다.

"하지만 어른 싸움으로 키울 수는 없네."

"만일 그쪽에서 어른 싸움으로 키우려고 한다면요?"

"그건 전혀 다른 문제지."

이들은 겁이 나서 피하는 게 아니다. 그저 더러워서 피하는 것뿐이다.

하지만 저쪽에서 이쪽에 똥칠하려고 하는데 이쪽이 겁먹

고 도망갈 필요는 없다.

제대로 밟아 버리면 그만이다.

"알겠습니다. 그러면 해결책이 있네요."

"해결책이 있다고?"

"사실 해결책은 이미 생각해 왔습니다. 다만 회장님의 결정이 중요했지요."

"허허."

유민택은 탄성을 낼 수밖에 없었다.

결국 그는 나름 고민하고 한 결정이지만 노형진은 그런 결정이 나올 거라는 걸 예상했다는 소리이니까.

"그래서 해결책이 뭔데요? 소송하시려는 건 아니죠? 그건 안 돼요."

강소영은 걱정스럽게 말했다.

그들이 소송을 도와줄 수는 있다.

하지만 거기까지만 도와줄 수 있다.

소송이 끝나고 나면 분명 보복이 들어올 텐데, 그때도 도와줄 수는 없는 노릇이다.

"압니다. 우리가 보복하는 데에는 한계가 있지요."

노형진은 고개를 끄덕거렸다.

"그럴 때는 이쪽에서 먼저 개새끼가 되는 겁니다."

"응? 개새끼?"

"그렇습니다."

노형진은 피식 웃었다.
"프로젝트 아방궁, 시작하죠. 후후후."

⚖

"아방궁요? 뭔 이름이 그래요?"
"아방궁이 어때서?"
"좀…… 퇴폐적이지 않아요?"
아방궁은 진시황이 만든 궁전으로, 그 화려함으로 유명했다. 원래 국민들이 잘 모르는 곳이었으나 기자들이 전 대통령이 은퇴 후 내려간 집을 아방궁으로 몰아붙이면서 그 존재가 유명해졌다.
물론 그 기자들은 아방궁을 본 적도 없다.
다 타 버린 지 오래니까.
"아니, 도대체 한 나라의 궁궐이 퇴폐적이라는 개념은 어디서 나온 거야?"
"어…… 그러게요."
"하여간 기레기 놈들이 이미지 다 망친다니까."
툴툴거린 노형진은 느긋하게 유영민에게 말했다.
"일단 유 회장님하고 너희 엄마하고 이야기해 봤는데 말이지, 그분들은 싸움을 키우지 않고 애들 선에서만 끝낼 수 있다면 상관없다고 했다."

"그게 가능해요?"

이미 몇몇이 그들에게 저항했다. 하지만 거의 100% 보복이 들어왔다.

그 말은, 유영민이 뭘 하든 그쪽에서 어른이 끼어든다는 걸 의미한다. 그리고 그건 기업 간의 싸움이 된다는 걸 의미하고 말이다.

"물론 보통은 그렇지. 하지만 내가 왜 프로젝트를 아방궁이라고 부르겠니?"

노형진은 유영민을 바라보면서 자신 있게 말했다.

"이제부터 너는 새로운 재벌가 조직을 만드는 거야."

"네? 그게 무슨 말씀이세요?"

"너, 따로 조직은 안 만든다며?"

"어…… 그렇지요."

아직 학생이고, 딱히 학교 내에서 조직을 만들어서 뭔 짓을 하는 건 유영민의 성격에 맞지 않는다.

더군다나 그 엠퍼러소드인지 황제의똥인지 하는 놈들 때문에 부자들이 뭉쳐서 뭔가를 하는 걸 더욱 싫어하게 되었다.

"그러니까 저놈들이 설치는 거야. 사회는 원래 그렇단다."

엄밀하게 말해서 그 학교에서 호랑이는 유영민이다.

대룡보다 잘나가는 기업이 없는 것은 아니지만, 그 기업의 자녀가 그 학교를 다니는 것은 아니니까.

"즉, 네가 그 학교에서는 대빵이라는 거지. 문제는 네가 그 힘을 쓰지 않으려고 한다는 거야."
노형진은 나지막하게 말했다.
"때로는 그게 죄악이란다."
유영민은 고개를 갸웃했다.
"으음…… 이해가 안 가는데요?"
"하긴 한국 문화에서는 일단 예의를 차리고, 벼가 익으면 고개를 숙여야 한다고 가르치니까."
하지만 힘을 가진 자가 힘을 쓰지 않으면 사실 별의별 병신 같은 일이 벌어진다.
"힘을 가지고도 무조건 쓰지 않는 것보다 그걸 올바르게 쓰는 게 더 중요한 거지. 나를 봐라. 너도 알지, 내가 가진 힘이 어느 정도인지? 내가 그 힘을 쓰는 걸 주저하디?"
"아니요."
노형진은 힘쓰는 걸 주저하지 않는다.
다만 잘못 쓰는 건 아닐지 많이 생각할 뿐이다.
"지금 너희 학교는 호랑이가 조용히 있으니까 여우 새끼들이 설치는 거야."
왜냐? 그 호랑이가 자신들을 노리지 않을 걸 아니까 무서운 게 없는 거다.
"그래서 제가 보복하라고요?"
"그건 아니지. 아까도 말했지만 싸움을 크게 하지 말라고 하셨다."

"그러면요?"
"네가 호랑이가 되어서 군림하면 해결되는 거야."
"아, 역시 이해 안 가. 나 변호사는 절대 안 할 거야."
"하하하, 이 녀석 진짜. 그래, 쉽게 표현해 주마. 네가 다른 애들한테 '갑질'을 하면 된다."
"갑질요?"
"그래. 다만 애들한테 도움이 되는 갑질이지. 올바르게 쓰는 법이니."
노형진의 계획은 간단했다.
그들은 유영민을 건드리지 않고 있다. 그건 유영민이 무서워서다.
즉, 유영민이 갑질을 하게 되면 그들은 꼬리를 말 수밖에 없는 상황이 된다.
"꼬리를 만다라……."
"간단하게 표현하마. 그 녀석들이 여자애를 불러서, 안 나가면 온갖 패악질을 한다는 거지?"
"네, 맞아요."
"그러면 네가 그 여자애를 동시에 부르면 어떨까?"
"어…… 제가 왜 불러요?"
"하여간 부른다고 치면 어떻게 될 것 같아?"
아마 여자애 입장에서는 엄청나게 두려울 것이다.
양쪽 다 자신의 집을 박살 낼 수 있는 존재들이니까.

하지만 결국 더 무서운 쪽을 고를 수밖에 없다.

"그게 너다."

아무리 세 기업이 힘을 합한다고 해도 대룡과 전면전을 할 수는 없다. 전면전으로 가면 대룡이 유리하니까.

즉, 적당히 물러나야 한다.

"여자애는 그 삼총사에게 네가 불렀다고 하겠지. 그러면 그놈들이 너한테 보복할 수 있을 것 같냐?"

"아하!"

절대 보복 못 한다. 먼저 맞고도 참을 대룡이 아니다.

"그러면 남은 건 그 여자애한테 보복하는 거지. 그런데 그것도 참 애매한 문제거든."

남자들 사이에서 중요한 건 자존심이다.

자기 사람을 건드린 사람은 적이다.

특히 가오, 즉 폼을 많이 잡는 경우 더더욱 그렇다.

"네가 그 애를 불렀다는 건 자기 사람으로 만들겠다는 거야. 그런데 그 상황에서 그 애한테 보복이 들어가면, 그건 곧 너에 대한 보복이 되거든."

"뭔 짐승도 아니고……."

"나이 어린 남자애들의 세계는 규칙이나 법보다는 짐승들의 약육강식에 가까워."

결과적으로 유영민이 갑질을 할수록 그들은 갑질을 하지 못하게 된다.

왜냐? 호랑이가 돌아왔으니까.

"그런데 왜 작전명이 아방궁이에요?"

"너 그 여자애들 데리고 뭐 할래?"

"네?"

"애들 불러 놓고 방치할 거 아니잖아. 뭐 할 거냐고."

"어…… 땅따먹기?"

"요즘도 그런 거 하냐?"

"아…… 하기는 하죠. 비석치기도 하고…… 뭐 말뚝박기나……."

"너 혹시 환생한 거 아니지? 머릿속은 막 나이 오십 먹은 할아버지라거나. 도대체 네가 비석치기를 어떻게 아냐? 나도 잘 모르는 걸."

"에이, 그런 게 가능할 리가 있나요? 농담이죠. 뭐, 대부분 PC방 가거나 하죠."

노형진은 피식 웃었다.

가능한 사람이 눈앞에 있으니까.

"아까도 말했지만, 갑질이어야 하지만 또 반대로 갑질이어서는 안 된다."

"어째서요?"

"저놈들도 바보는 아니야. 자기 권력을 잃어버리게 되면 분명 그에 따른 복수를 하려고 하겠지."

하지만 기업별로 뭔가 하는 건 불가능하다.

아무리 자기들을 밀어주는 부모라고 할지라도 대룡의 유일한 후계자를 공격하는 것까지 도와주지는 않을 것이다.

"그러면 답은 나와 있지. 언론."

사회적으로 언론을 동원해서 대룡의 후계자가 갑질을 하면서 권력욕을 채운다고 주장하면서 자기들은 피해자인 양 행동하려고 할 것이다.

"그러니 그걸 방어하기 위해서는 다른 방법을 찾아야지."

"그 방법이라는 게 설마…… 그들에게 도움이 되는 것?"

"정확해."

그 아이들을 끌어내서 공부를 가르친다거나 쉴 틈을 만들어 주는 것. 그게 바로 노형진의 계획이었다.

"네가 불러내는 건 네가 할 수 있는 일이야. 그리고 그런 후에 그 애들에게 도움이 되는 일을 한다면 그걸 갑질이라고 생각할 수는 없지."

물론 외부에 있는 그 삼총사는 갑질이라고 생각할지 모르지만, 유영민의 보호 아래에 들어온 아이들은 그렇게 생각하지 않을 것이다.

노형진의 계획을 전부 알게 된 유영민은 흥미진진한 표정으로 눈을 반짝였다.

"이거 겁나 재미있을 듯?"

"아마 재미있을 거다. 너도 이참에 제대로 사람의 심리를 배워야 할 거야. 경영학도 중요하지만 사람의 심리를 읽는 것도 미래에 기업을 운영하는 데 핵심적인 능력이니까. 네 할아버지가 심리학 전문가를 옆에 두고 사업하는 데에는 다 이유가 있는 법이란다."

"알 것 같아요. 그러면 어떻게 해야 할까요?"

"그건 모르지. 이제 네가 생각해 봐야지. 내가 준비해 줄 수 있는 건 공간뿐이야. 어디로 원하니?"

"음…… 그러면……."

유영민은 실실 웃음을 지었다.

⚖

하지영은 자신을 바라보는 시선에 부들부들 떨었다.

"이따가 알지?"

지나가면서 그녀의 엉덩이를 툭 치는 신태동.

그에게 찍힌 후 도망 다닌 게 벌써 며칠째였다.

좋게 말해서 같이 놀자는 거지, 끌려 나가는 순간 그들의 장난감이 된다는 걸 알고 있기 때문이다.

"안 나오면 각오해라. 알았냐?"

신태동은 이죽거리면서 말했다.

그리고 하지영은 안다. 얼마 전부터 아빠가 많이 힘들어한다는 것을.

그것이 그녀가 이런저런 핑계를 대면서 따라가지 않자 저들이 아버지한테 압박을 가하기 시작한 것 때문이라는 것도.

사실 나이가 열여덟 살쯤 되면 눈치가 슬슬 생긴다.

아빠는 별것 아닌 것처럼 웃고 있지만 현실적으로 그게 저들의 행동 때문이라는 걸 모르는 바가 아니었다.

벌써 몇 번이나 그랬고, 한 학년 위의 언니 한 명은 결국 자살을 선택했다. 하지만 학교에서는 저 세 명을 건드리지 못한 채로 사건을 덮어 버렸다.

'나도 콱 죽어 버릴까?'

그러면 괜찮을 것 같았다.

자신이 죽으면 더는 괴롭힘당할 이유도 없고 가족들이 고통받을 이유도 없다.

'그래…… 죽어 버리자. 저 망할 놈들한테 괴롭힘당하느니…… 그냥 죽자.'

하지영이 절망적으로 그런 생각을 하는 때, 누군가 그런 그녀에게 다가왔다.

"야, 하지영."

고개를 돌려 보니 유영민이 있었다.

"왜?"

"너 오늘 시간 있냐?"

"시간? 무슨 시간?"

"내가 주소 하나 적어 줄 테니까, 이따가 거기로 와라."

순간 하지영은 심장이 철렁 내려앉는 느낌이었다.

"너…… 너까지 왜 그래?"

유영민이 누군지 안다. 그리고 그의 할아버지가 누군지도 안다.

하지만 유영민은 지금까지 이런 행동을 한 적이 없었다.

"아니, 내가 뭘 어쨌는데? 안 올 거야? 그러면 후회할 텐데."

"그건……."

"저 좆……같은 세 놈은 무섭고 난 안 무섭냐? 나 인생 헛산 거야?"

하지영은 입술을 깨물었다.

"잘 생각해라, 누가 진짜 너한테 도움이 될지."

하지영은 눈물만 뚝뚝 흘리며 망연히 서 있을 수밖에 없었다.

⚖

"어디 가?"

입구를 막고 있던 신태동은 하지영이 나오자 손짓했다.

"오늘 약속 잊어 먹었냐?"

"대가리에 똥만 찬 건가?"

"야, 정신 못 차려? 어? 어?"

하지영의 머리를 툭툭 치면서 놀리는 세 사람.

하지영은 그런 그들의 행동에 입술을 깨물었다.

하지만 저항할 수는 없었다.

가족들을 위해서 말이다.

"나…… 약속 있어."

"뭐? 이런 개 같은 년을 봤나? 없던 약속이 왜 생겨?"

"우리가 좆같이 보이지? 우리랑 약속 잡은 건 아주 개떡으로 안다, 너?"

하지영은 입술을 깨물며 말했다.

"영민이랑 만나기로 했어."

"뭐?"

"유영민이랑 만나기로 했어. 정해진 시간까지 나오라고 했어."

"니미 씨발."

"염병, 그 새끼가 왜?"

"너 그 새끼 깔이었냐?"

세 사람은 투덜거렸지만 더 이상 하지영을 붙잡지는 않았다.

그들에게 있어서 유영민은 건드릴 수 없는, 건드려서도 안 되는 위협적인 대상이었다. 가만히 있는 유영민을 건드렸다가 일이 커지면 여러모로 귀찮아지니까.

"야! 가자, 가."

"룸이나 잡고 놀지, 뭐."

멀어져 가는 그들의 뒷모습을 보면서 하지영은 과연 이 상황이 좋은 건지 나쁜 건지 알 수가 없었다.

⚖

"하지영 양?"

"어…… 네?"

하지영은 마음을 독하게 먹고 유영민이 알려 준 주소지로 왔다. 그런데 정작 그곳에 갔을 때 그녀를 반겨 준 것은 생각과는 좀 다른 일이었다.

"민시아 변호사예요."

"벼…… 변호사님요?"

"네. 유영민 군에게 의뢰를 받았어요. 박시우와 신태동 그리고 장거산에게 폭력을 당하고 있다고 하더군요."

"그, 그런데……."

하지영은 고개를 두리번거렸다. 상황이 이해가 가지 않았기 때문이다.

"지금부터 그에 대한 진술을 해 주시겠어요?"

"진술요?"

"네."

하지영은 입을 앙다물었다.

하고 싶은 마음이 왜 없겠는가?

하지만 그랬다가는 아버지가 피해를 입게 된다.

"걱정하지 마세요. 이건 소송에 사용되지 않습니다."

"그러면요?"

"일단 이 부분부터 확실하게 해 둬야겠네요. 지금부터 유영민 군은 하지영 양뿐만 아니라 그들에게 당한 피해자들을 모두 이곳으로 부를 겁니다."

"모두 부른다고요?"

"네. 비공식적인 거지만, 쉽게 말해서 하지영 양은 유영민 군의 세력권에 들어온 거죠."

그리고 유영민이 부른 상황에서 그 세 사람이 아무리 불러도 우선권은 결국 유영민에게 있다.

"이곳에서 하지영 양은 나중에 소송할 때를 대비해서 증거를 모을 겁니다. 아실 테지만 새론에서는 소송에 관해 공소시효를 따집니다. 만일 그들의 기업이 힘이 빠진다거나 그들이 기업을 물려받지 못하거나 하여 하지영 양의 가족에게 보복하지 못할 상황이 된다면, 하지영 양은 이 증거자료를 통해 소송할 수 있게 됩니다."

나중에 소송할 때 증거의 유무는 하늘과 땅만큼이나 차이가 난다.

"하지만 이건 그저 나중을 위해 저희 새론에서 자료를 모아 둘 뿐이지 당장 소송하라는 뜻은 아닙니다. 그리고 하지영 양은 여기서 증거를 제출하거나 증언을 하고 나면 상담치료를 받을 겁니다."

"상담 치료요?"

"이 건물 아래층에는 한봄상담치료센터가 있습니다. 하지영 양은 그곳에서 상담 치료를 받으며 정신적인 상처를 치유할 겁니다.”

지원은 그것뿐만이 아니었다. 이곳에서 따로 선생님을 초빙해서 공부도 지원할 예정이었다.

설명을 들은 하지영은 의아한 눈빛으로 민시아를 쳐다보았다.

“왜 그렇게까지……?”

“유영민 군이 학교생활이 불편하다고 하더군요. 어찌 되었건 유영민 군도 재벌입니다. 그것도 아주 큰 재벌가의 유일한 상속자죠. 유영민 군이 해결하려고 나선다면 그건 그의 선택에 따라 결정될 뿐입니다.”

그 말에 하지영은 입을 꾸욱 다물었다.

틀린 말은 아니었다. 학교는 약육강식이고 유영민은 그중 최강자다, 심지어 교장 이상의 힘을 가진.

그 쓰레기 같은 세 놈이 호랑이라면 유영민은 역사에나 나오는 티라노사우루스 같은 존재다.

“하지만 그 세 놈이 가만히 있지 않을 거예요. 영민이한테는 잠깐의 일이지만 저희한테는…….”

하지영은 말을 잇지 못했다.

그 마음을 알기에 민시아는 고개를 끄덕거렸다.

“그럴 일 없습니다. 공식적으로는 갑질입니다. 이쪽에서 배려해 주는 거라고 하면 빠지라고 할 게 뻔하니까요. 그러니 강제로 유영민 군이 끌고 가는 형태로 운영됩니다. 일단 외부적으로는 말이지요."

배려는 거절해도 되는 것이니, 박시우와 신태동 그리고 장거산이 그 사실을 알게 되면 그딴 거 빠져도 그만이라고 몰아붙일 것이다.

유영민이 전쟁을 벌일 생각은 없다는 걸 알 테니까.

"하지만 비공식적으로는 여러분의 대피 절차입니다."

유영민이라는 이름으로 그들을 압박해서 더 이상의 피해자를 만들지 않는 것. 그게 노형진의 계획이었다.

"그러면 저는 여기서 그냥…… 공부만 하면 되는 건가요?"

"비공식적인 겁니다. 일단 여기로 대피하신 후에는 강사 초빙 수업에 참석해도 되고, 원치 않는다면 그냥 집에 가도 됩니다."

말 그대로 유영민이라는 이름을 핑계 삼아서 세 사람의 손아귀에서 빠져나오라는 거다.

"하지만…… 그런다고 해서 그 세 사람이 포기할까요?"

이야기를 들어 보니 피해자들을 계속 구할 생각인 듯한데, 과연 그들이 포기할까?

"그건 저희가 할 일입니다. 걱정하지 말고 학업에 충실하시면 됩니다."

"아…… 알겠어요. 그러면……."

하지영은 고개를 끄덕이면서 입을 열었다.

누구에게도 말하지 못했던 비밀이 그녀의 입에서 조금씩 흘러나오기 시작했다.

“이 개 같은 새끼. 요즘 너무 과한 것 같지 않냐?”
“누구? 유영민?”
“그래, 이 새끼가 우리 장난감 다 채 간다?”
“그러니까. 이 새끼가 요즘 미쳤나?”
“끌고 간 여자애만 몇 명이야? 이 새끼, 어디다 하렘이라도 차렸나?”
박시우와 신태동 그리고 장거산은 그렇게 뭉쳐서 이야기하면서 이를 박박 갈았다.
어느 순간 그들이 가지고 놀던 장난감들이 유영민을 핑계로 대고 조금씩 빠져나가더니 이제는 죄다 사라졌다.
당연하게도 세 사람은 유영민에게 이를 박박 갈 수밖에 없었다.
“씨발, 들이받아 버려? 좆같은 새끼.”
“야, 아서라. 너희 아빠가 말 안 하디? 다른 새끼는 다 건드려도 유영민 그 새끼는 터치하지 말라잖아.”
“야, 이 씨발. 그러면 언제까지 참아야 해? 요즘 아랫도리가 근질근질하다고.”

"어제도 룸에서 잘 놀았잖아."

"씨발, 나이 먹은 년이랑 탱탱한 년이랑 같냐?"

툴툴거리는 그들.

"그냥 들이받아 버리자."

"뭐?"

장거산의 말에 박시우가 눈을 크게 떴다.

"너 미쳤어?"

"미친 게 아니라 결국 학교잖아. 자기가 어쩔 건데?"

"음?"

"씨발, 그렇잖아. 애초에 학교에서 갑질 한다고 소문나면 불리한 게 누구일 것 같아?"

그 말에 두 사람의 눈이 가늘게 늘어졌다.

"그러네. 그 새끼가 갑질 하는 거 맞네."

"꼴을 보아하니 어디다가 하렘 하나 만들고 질편하게 노는 것 같은데."

"우리가 들이받아 버리고 작작 하라고 하자. 안 그래도 대룡이 이미지 좋은 걸로 먹고사는데 그걸 망가트린다고 하면 알아서 기겠지."

"먹힐까?"

"먹힐 거야."

그들은 자신들의 얄팍한 지식을 믿고 킬킬거렸다.

하지만 그게 그들의 실수라는 건 아직 모르고 있었다.

하룻강아지 범 무서운 줄 모른다

노형진은 일이 이렇게 끝날 수도 있다고 생각했다.

다른 사람도 아닌 대룡의 후계자가 학교 폭력의 피해자를 보호하겠다고 나서는데 누가 그를 막겠느냐고 생각한 것이다.

유영민이 전면에 나섰으니, 이제 일이 끝날 가능성이 크다.

하지만 그건 노형진의 착각이었다.

분명 그들은 재벌가의 일원이며 교육을 받은 애들이지만 한편으로는 여전히 '애'라는 것을 깜빡한 것이다.

"유영민, 작작 하지?"

학교가 끝난 후에 막 교과서를 챙기던 유영민에게 다가온 박시우와 신태동 그리고 장거산은 마치 위협이라도 하는 것처럼 유영민을 에워싸고 으르렁거렸다.

"내가 뭘?"

물론 유영민의 입장에서는 가소롭다 못해 어이가 없을 정도의 행동이었다.

"너 우리 애들 자꾸 빼돌리던데? 작작 하라고, 이 새끼야."

"그러니까 내가 뭘?"

"이 새끼 보게? 너 지금 세상 무서운 줄 모르지?"

유영민은 머리를 긁적거렸다.

화? 이건 화도 안 난다.

"야, 박시우."

"왜?"

"너 누가 너한테 지랄한다고 하면 기분이 어떨 것 같냐?"

"그런 미친 새끼가 어디 있어? 뒈지려고."

"그렇지?"

그렇게 말한 유영민은 그들을 바라보면서 말했다.

"그런데 말이야, 너희는 왜 나한테 그러냐? 뒈지려고."

"뭐?"

"내가 뭘 하든 그건 내 마음 아니야? 내가 너희 같은 쓰레기들 눈치까지 봐 가면서 살아야 하냐?"

"이런 씹쌔끼가."

발끈하면서 덤비려고 하는 신태동과 장거산.

그런 두 사람을 박시우가 말렸다. 그리고 서늘한 눈으로 유영민을 쳐다보았다.

"말 한번 좆같이 한다?"

"재벌가 후계자라는 애들이 좆같이가 뭐냐? 좆같이가? 너희는 후계자 교육을 그딴 식으로 받냐? 진짜 교육 좆같이 하네."

유영민의 말에 세 사람은 부들부들 떨었다.

지금까지 이런 취급을 받아 본 적이 없었을 테니까.

"너 그러다 뒈진다."

"대룡의 후계자를 죽이겠다고? 지금 그거 진심인 거냐? 이거 할아버지한테 말해도 되는 거지?"

그 말에 순간 세 사람은 아차 싶어서 입을 다물었다.

저 말은 농담으로라도 절대 해서는 안 되는 말이었다.

이미 한번 후계자를 잃었던 유민택이다. 그래서 누군가 가족을 건드리는 걸 끔찍하게 싫어했다.

만일 그 이야기를 듣게 되면 대기업이고 나발이고 전쟁에 들어갈 게 뻔했다.

그런 세 사람을 보고 유영민은 피식하고 비웃음을 날렸다.

"제대로 싸우기 시작하면 꼬리 말고 도망갈 새끼들이 떠들기는."

유영민이 그대로 무시한 채 짐을 챙기고 지나치려는 찰나,

결국 그들은 넘어서는 안 되는 선을 넘어 버렸다.

“창녀 자식 주제에 지랄하네.”

“뭐?”

“다 아는 거 아냐? 몸뚱이 잘 굴린 너희 엄마 덕분에 네가 후계자인 거지. 너희 아빠라는 인간이 살아 있었으면 네가 후계자나 될 수 있었을 것 같아? 더러운 창년의 애새끼가.”

유영민은 주먹을 꽉 쥐었다.

“왜, 어쩔 건데, 이 새끼야? 칠 거야? 칠 거야?”

박시우의 말에 유영민이 피식하고 웃으며 주먹을 풀었다. 그러자 박시우가 이죽거렸다.

“사람 칠 용기도 없는 새끼가 깝치기는.”

“깝친다라…….”

유영민은 그런 박시우에게 천천히 다가갔다.

“한 가지는 확실하게 알겠네.”

“뭘?”

“세상의 평화를 위해서 너 같은 놈의 유전자는 남기지 않는 게 좋겠다는 거.”

“뭔 개소리를…… 꺼어억.”

박시우의 눈이 희까닥 뒤집어졌다.

유영민이 그의 성기를 발로 냅다 차 버린 것이다.

“덤벼, 이 새끼들아!”

"후우……."

유민택은 분노로 부들부들 떨고 있었다.

그에게 건드려서는 안 되는 부분을 어린놈의 새끼들이 건드렸기 때문이다.

아들들이 성화에 의해 죽은 것은 비참한 사실이다.

그리고 그 당시에 강소영은 유상민의 아이를 데리고 있었다.

문제는, 유민택의 아들인 유상민이 강소영을 사랑해서 아이를 가진 게 아니라 그냥 원나잇으로 가진 게 사실이라는 거다.

그 당시에 강소영은 유상민이 누군지도 모르는 상황에서 미혼모로라도 아이를 키우기를 선택했고, 그걸 안 성화에서 그녀와 유영민을 죽이려고 한 게 노형진이 대룡과 엮이게 된 가장 큰 이유였다.

"선을 넘는군."

노형진은 분노로 손을 부들부들 떨고 있는 유민택을 보면서 씁쓸하게 말했다.

"지금이라도 전쟁을 하실 생각입니까?"

"해야겠지……. 해야 하겠지……."

그 사실은 재벌가에서도 널리 알려져 있다. 하지만 누구도 입 밖으로 꺼내지는 않는다.

유민택에게 찍혀서 기업을 날려 먹고 싶지는 않으니까.

그런데 세상 물정이라고는 쥐뿔도 모르는 어린 새끼들이 그의 트라우마를 건드린 것이다.

"그쪽에서는 뭐라고 하던가요?"

"미안하다고는 하더군. 그런데 애들이 그럴 수도 있는 거지 뭘 그렇게 예민하게 구냐고 날 도발하더군."

"미쳤군요."

이런 경우에 절대 해서는 안 되는 말이 바로 '애들이 어리니까.'라는 거다.

"아는 거야, 그걸 가지고는 전쟁을 못 한다는 걸."

부들부들 떠는 유민택.

분노하기는 했지만 그렇다고 해서 그가 미친 것은 아니었다.

"한 놈도 아니고 세 놈이야. 그러니 그놈들이 한꺼번에 덤빈다면 대룡이라고 해도 버겁겠지."

그리고 성화와 다르게 세 곳은 망할 만한 이유가 없다.

당연히 정부에서 터치가 들어올 것이다.

"그렇잖아도 이번 정권과는 틀어진 상황이야. 분명 저놈들을 편들어 주겠지."

현실적으로 지금 싸우려고 하는 건 어리석은 짓이다.

"소영 씨는요?"

"집에 있네. 이야기는 하지 않고 있지만……."
"압니다. 슬프겠지요."
그녀는 사랑을 해 본 적이 없다.
최소한 유영민의 아버지를 사랑한 적은 없다.
오로지 유영민 하나만 바라보고 모든 걸 희생했다.
그런데 이제 와서 그런 취급을 받으니 슬프지 않을 리가 없다.
"애들 싸움을 어른 싸움으로 키우면 안 된다면서요."
"알고 있네. 어린애들이니, 단지 그저 화가 나서 한 말일 뿐일 수도 있지. 하지만 그렇다고 해도 이건 절대 있을 수 없는 일이네."
"그건 그렇습니다. 이쪽을 만만하게 보고 있다는 거니까요."
애들이 열 받으면 그런 말을 할 수도 있다.
사회적으로 개념이 없는 놈들은 더더욱 그럴 수도 있다.
가령 옛날에 '엄창'이라는 욕이 돌아다닌 적이 있다.
엄마 창녀라는 의미인데, 멋모르는 놈들은 그걸 자기 약속의 증표라고, 안 지키면 엄창이라고 떠들곤 했다.
그런데 만일 어른에게 이런 말을 하라고 한다?
아마 바로 주먹이 날아갈 테고 경찰서로 멱살 잡혀 끌려갈 것이다.
"하지만 그 애들이 그 사실을 안다는 것 자체가 문제입니다."

그 애들은 열여덟 살. 유영민과 같은 나이다.

그 말은 그 사실을 몰라야 정상이라는 뜻이다. 현실적으로 누가 이야기해 주기 전에는 말이다.

"그래…… 내가 화가 나는 게 그거야."

애들 싸움일 수도 있었다. 하지만 그들은 선을 넘었다.

애들이 유영민의 엄마인 강소영을 창녀라고 말한 것.

그건 집에서 어른 중 누군가가 그녀를 창녀라고 말했기 때문에 아는 거다.

만일 집안에서 그녀를 대룡의 안주인으로 인정했다면 절대 아이들 앞에서 그런 소리를 하지 않았을 것이다.

그런데 아이들이 그렇게 떠들었다는 건, 집안에서 그런 이야기가 아무렇지 않게 오갔다는 걸 의미한다.

"절대 용서하지 못하겠네."

"하지만 전쟁을 할 수는 없습니다, 회장님."

사실 당사자 입장에서는 열 받는 일이기는 하지만, 반대로 이런 문제로 일자리가 위태로워지는 사람들에게는 억울한 일이기도 하다.

"그러면 어쩌란 말인가?"

유민택은 애써 흥분을 가라앉히면서 말했다.

"이 문제는 어른이 끼어들면 안 됩니다. 어른이 끼어드는 순간 진짜 이건 개싸움이 됩니다."

"그렇다고 그냥 손 놓고 있으란 말인가?"
"애들한테 이 문제를 맡겨야 합니다."
"하지만 그놈들이 공격해 들어올 걸세."
"압니다. 그래서 제가 애들한테 맡기자는 겁니다. 우리는 애들 싸움을 어른 싸움으로 만들지 않을 테지만, 저쪽은 분명 그렇게 할 겁니다. 그러니 그걸 노려서 공격해야지요."

⚖

"왕따요?"
"그래. 내일부터 너희들은 박시우와 신태동, 장거산을 철저하게 무시한다. 아예 없는 사람으로 취급하면 되는 거야."
"하지만 그러면 분명 보복할 거예요."
"알아, 보복하겠지. 어쩌면 너희들을 때릴지도 몰라. 하지만 그렇게 함으로써 너희를 우리 보호권으로 넣고 너희 부모님들에 대한 보호가 가능해지는 거야."
"어째서요?"
"그들이 너희 부모님에게 보복하는 순간 이걸 언론에 이슈화시킬 거다. 정확하게는 너희가 제보하는 형태로."
만일 노형진이 그들을 막으려 한다면 그건 분명 문제가 된다.
하지만 피해 아이들이 그걸 제보한다면?

그건 다른 문제가 된다.

"그리고 그 피해는 대룡에서 보전해 줄 거다."

만일 직장을 잃으면 일자리를 줄 것이고, 가게가 망할 위기라면 자금을 지원해 줄 것이다.

"이번 일로 철저하게 너희를 약자로 만들고, 녀석들은 보복을 당하게 만들어야 해."

지금까지 아이들이 왜 그 세 사람에게 당했을까?

그 애들이 주먹이 강해서?

아니다. 그놈들이 보복할 수 있는 힘을 가지고 있기 때문이다.

사실 단순히 학생들 사이에서 벌어지는 학교 폭력 문제였다면 새론에서 방어를 못 했을 리가 없다.

"그러니까 이번에는 너희들이 세 사람에게 폭력을 유발하는 거야."

그리고 사회적으로 그걸 공개함으로써 사회적 지탄을 받게 만드는 거다.

"진짜로 무시하면 돼요?"

"그냥 미친놈 취급해. 물론 모두 이걸 가지고 다녀야 하고."

노형진이 건넨 것은 소형 캠코더였다.

"카메라로 그들이 하는 행동을 모두 찍어서 가지고 와라. 그들을 영원히 지워 줄 테니까."

노형진은 확실하게 대답을 해 줬다. 그는 그렇게 해 줄 자신이 있었다.

⚖

"이 새끼가 미쳤나?"

그다음 날부터 아이들은 철저하게 그 세 사람을 왕따시켰다.

아예 없는 사람 취급을 한 거다.

물론 세 사람은 눈이 돌아갔다.

"야, 철주. 내 말 안 들리냐? 무시하냐? 무시해? 이런 씨발 새끼를 봤나?"

철주라고 불린 남학생의 뒤통수를 후려치는 장거산.

전에 그가 셔틀로 쓰던 게 바로 철주라는 학생이었다.

그런데 유영민에게 한번 불려 갔다 오더니 간땡이가 부었는지 자신의 말을 들은 척도 하지 않는다.

"이런 씨발 새끼가 뒈지려고 환장했네, 진짜."

강하게 철주의 머리를 후려치는 장거산.

살벌한 교실 안으로 한 사람이 들어왔다.

"장거산, 자리에 앉아."

"앉아? 야, 어따 대고 반발이야, 이 씹새끼가."

분명 선생이 들어왔음에도 불구하고 도리어 발끈하는 장

거산.

"요즘 선생들은 교육이 더럽게 안 되어 있네. 내가 누군지 알아?"

"어……."

"존댓말하라고, 이 씨발 새끼야."

선생은 눈을 데굴데굴 굴렸다.

"내가 여기서 모가지 한번 잘라 줄까?"

"장거산 학생, 그만하고 앉아요. 수업 시간입니다."

결국 어쩔 수 없이 숙이고 들어가는 선생.

장거산은 자신의 자리로 돌아가면서 철주의 머리를 한 번 더 후려쳤다.

"씹쌔끼! 이따 점심시간에 보자. 넌 뒈진 줄 알아라."

"뭐야?"

엠퍼러소드에는 멤버가 이 세 명만 있는 게 아니다.

학교 내에 대략 쉰 명 정도의 인원이 있고, 그걸 이끄는 게 박시우와 신태동 그리고 장거산 이 세 사람이었다.

그런데 그들이 전 멤버를 불렀는데 나온 사람은 단 다섯 명이었다.

"뭐야? 이 새끼들 지금 다 어디 갔어?"

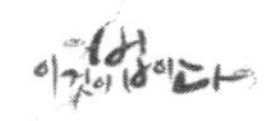

박시우는 어이가 없어서 다그치듯 물었다.

원래는 철주를 끌어다가 제대로 한번 밟아 주기 위해 모였는데 정작 철주를 끌고 올 놈이 없었던 것이다.

"어…… 그게 말이지……."

눈을 데굴데굴 굴리던 학생이 조심스럽게 입을 열었다.

"유영민이 찾아왔어."

"뭐? 그 새끼가 왜?"

"엠퍼러소드에서 탈퇴하지 않으면 보복할 거라고."

"이런 씨발 새끼가?"

세 사람은 기가 막혔다.

현실적으로 대룡과 세 기업을 비교하면 유리한 건 대룡이다.

설마 지금까지 자기들이 했던 방식 그대로 자신들을 공격할 거라 생각하지 못했던 세 사람은 기가 막혔다.

"그래서 안 왔다고?"

"어, 어쩔 수 없다고……. 우리가 할 수 있는 게 없잖아. 상대방은 대룡이야."

아이들이 어리다고 해서 힘에 대한 개념이 없는 게 아니다.

아니, 도리어 어리기 때문에 서열에 대한 일종의 환상이 있다.

"이런 씨발! 이 새끼가 진짜 우리랑 해보자는 것 같은데,

어쩌지?"

"끄응, 염병."

"요즘 되는 일 하나도 없네."

툴툴거리던 그들은 그래도 일단은 현실적인 문제를 해결하기로 했다.

"일단 철주 그 새끼부터 끌고 와."

"뭐?"

"철주 말이야, 이철주. 그 새끼, 어디 시다바리 새끼가 주인을 무시해?"

"우리끼리?"

"그러면 우리가 갈까? 이 새끼들이, 유영민만 무섭고 우리는 안 무섭지?"

"아…… 아니야."

결국 다섯 사람은 교실로 향했다.

그리고 저항하는 이철주를 강제로 학교의 으슥한 곳으로 끌고 가려고 했다.

"따라와, 이 씨발 새끼야!"

"어디서 개겨, 개기기를."

일부는 유영민이 무서워서 입을 닥치고 있었지만, 그 외에는 유영민의 성격상 진짜로 자신들에게 보복하지 않을 거라 생각하거나 집안과 틀어져서 집안이 박살이 나도 상관없다고 생각하고 있었다.

"놔! 놓으라고!"

"이런 씨발 새끼가! 진짜 입 닥치고 안 따라와?"

어떻게 해서든 끌려가지 않기 위해 몸부림치는 이철주.

가면 두들겨 맞을 게 뻔하니까.

"아이, 씨발. 요즘 안 패니까 말을 안 듣잖아! 이런 새끼는 일단 여기서 족쳐야 해!"

철주를 끌고 가던 아이 중 하나가 얼굴을 일그러트리며 철주를 내려치기 위해 손을 들었다.

그러나 그는 곧 손을 멈출 수밖에 없었다.

"뭐야, 어떤 새끼……. 씨발…… 짭새다! 뛰어!"

그의 손을 잡은 건 다름 아닌 경찰이었다.

경찰은 그들을 잡으면서 어이가 없다는 표정으로 바라보고 있었다.

"놔! 놓으라고! 우리가 누군지 알아?"

"알지, 엠퍼러소드 파."

그때 경찰의 뒤에서 익숙한 목소리가 들렸다.

그리고 모습을 드러내는 사람. 바로 유영민이었다.

그는 그들을 보다가 경찰에게 시선을 돌렸다.

"이거 명백한 납치입니다. 무슨 뜻인지 아시죠?"

"아…… 그……."

경찰도 죽을 맛이었다.

지금까지 이런 일이 몇 번 있었지만 이들 뒤에 누가 있는

지 알기에 건드리지 못했다.

그런데 거기에 난데없이 대룡의 후계자가 끼어든 것이다.

"이건…… 납치……라기보다는……."

"사건을 무마하시려고요? 저희 변호사가 그다지 좋아하지 않을 텐데요."

유영민은 피식 웃으며 말했다.

"요즘 경찰들은 간땡이가 부었다니까. 눈앞에서 벌어지는 납치도 모른 척하려고 한단 말이지."

유영민의 말에 경찰들은 눈을 데굴데굴 굴렸다.

이들 뒤에 있는 사람도 무섭지만 유영민도 무섭다.

"그러면 이렇게 합시다. 당신들은 그 애들을 놔주고, 나는 당신들을 업무상배임이랑 납치의 종범으로 고발하고. 그러면 되겠네."

"아…… 아닙니다. 아니에요."

결국 어쩔 수 없이 아이들을 끌고 가려고 하는 경찰들.

그런 경찰들에게 유영민은 또 한 소리를 했다.

"이야, 요즘은 현행범을 체포해 가는데 수갑도 안 채워요? 짭새들 썩었네, 썩었어."

"아…… 수갑……."

다짜고짜 수갑 이야기가 나오자 경찰들은 다급하게 수갑을 꺼내 아이들의 손목에 채우기 시작했다.

그제야 상황이 잘못되어 가고 있다는 걸 안 아이들은 비명을 질렀다.

"아…… 아니에요! 우리는 시키는 대로 한 거예요!"

"우리는 납치한 적 없어요!"

"제발…… 풀어 주세요."

약한 아이들 앞에서는 한없이 강한 존재일지 모르지만 납치범으로 현장에서 경찰에게 끌려가는 상황에 세 사람이 할 수 있는 건 없었다.

주변에 학생들이 몰려들어 구경하기 시작하자 아이들은 창피함을 느꼈지만 그건 중요한 게 아니었다.

"납치는 실형인 거 알지? 인생 좆 된 거 축하해."

유영민은 빈정거리며 말했고 그제야 아이들은 울음을 터트렸다.

다행인지 불행인지 그 애들이 울고불고 난리를 치는 와중에 교감으로 보이는 사람이 다급하게 달려왔다.

"아이고, 이게 무슨 일입니까?"

"아, 그게, 납치 현행범으로 신고가 들어와서요. 체포해 가는 중입니다."

교감은 찔끔했다.

한두 명도 아니고 무려 다섯 명이다.

그 애들이 납치?

'큰일 났다.'

더군다나 저 애들은 엠퍼러소드에 속한 애들이다.

저 애들을 건드린다는 것은 결과적으로 엠퍼러소드를 건드린다는 거고, 그 말은 박시우와 신태동, 장거산에게 보복당한다는 걸 의미한다.

"잘못 아신 겁니다. 그럴 리가 없어요."

"잘못 안 게 아닙니다. 저희 눈앞에서 납치 중이었습니다."

경찰 입장에서도 방법이 없었다.

워낙 눈앞에서 벌어진 범죄 사실이 명확한 데다가, 실제로도 그들이 하던 행동은 납치가 맞으니까.

"자, 자! 진정들 하시고. 이건 납치가 아닙니다. 그냥 애들끼리 사소한 트러블……."

"어이, 거기 경찰 아저씨."

그때 갑자기 유영민이 교감을 가리키며 입을 열었다.

"저기 저 사람도 체포해 가요."

예상치 못한 상황에 좌중은 찬물을 끼얹은 듯 조용해졌다.

잠시 멍하니 유영민의 손가락을 쳐다보던 교감은 뒤늦게 정신을 차렸다.

"영민 군?"

"어따 대고 군이야?"

유영민이 그답지 않게 험악한 눈빛으로 교감을 향해 으르렁거렸다.

교감은 눈앞의 현실이 믿기지 않았다.

그가 아는 유영민은 아주 모범적이진 않았지만 늘 조용하고 교칙을 성실히 따르는 상식적인 학생의 표본이었다.

그런데 그런 그가 교감인 자신에게 저런 말을 하다니.

"여…… 영민 군? 이게 뭐 하는 짓인가?"

"여기서 납치가 이루어지는 걸 본 애들이 수십 명인데 그걸 풀어 주려고 하면 그거 납치의 방조범 아닙니까?"

"아…… 아니, 그게 아닐세. 잘못 안 거야."

"그래요? 너희들도 봤지, 저놈들이 철주를 강제로 끌고 가는 거? 때리는 것도 봤고?"

학생들은 격하게 고개를 끄덕거렸다.

지금까지 선생님들에게 도와 달라고 몇 번이나 이야기했다.

하지만 그들은 어차피 졸업하면 안 볼 사이다.

차라리 재벌가랑 친하게 지내는 게 좋다고 하면서 절대 해결해 주려고 하지 않았다.

그리고 그게 쌓이고 쌓여서 지금에 이르렀다.

"맞아요. 납치했어요."

"막 발로 차면서 끌고 갔어요."

"끌고 가면서 넌 뒈졌다고 막 그랬어요."

아이들의 말에 경찰의 시선이 교감에게 향했다.

"아니, 이건 오해가……."

"미안합니다. 같이 가 주셔야겠습니다."

아이들의 증언을 들은 경찰은 교감의 손목에도 수갑을 채우고 팔짱을 꼈다.

교감은 사색이 된 채로 주저앉을 수밖에 없었다.

⚖

"제가 갑질 하기 시작하니까 다들 설설 기더라고요."

유영민은 노형진을 보면서 재미있다는 듯 웃었다.

"내가 말했지? 거기서 왕은 너야. 늑대 새끼가 아무리 지랄을 해도 너는 못 이겨."

"자기들이 똑같이 당하니까 어쩔 줄 몰라 하던데요?"

유영민은 말 그대로 갑질을 하기 시작했다.

지금까지 하지 않던 행동이었지만 일단 시작하자 능숙하게 할 수 있었다.

지금까지 봐 온 게 있으니까.

"대룡이라는 이름이 있는 이상 넌 공포 그 자체니까."

"그런데 저쪽도 이름이 있는데 왜 저러는 거예요?"

"음…… 알아서 기는 거지."

"알아서 기어요?"

"그래."

사실 그쪽에서 보복한다고 해도 모든 사람들에게 다 보복할 수는 없다.

결국 재벌가에서 가장 많이 쓰는 방법은 누구 하나 조져서 일종의 겁을 주는 거다.

"지금까지 그렇게 권력을 유지한 게 세 놈이야. 그런데 네가 갑질 하기 시작하면 너와 그 세 사람의 권력이 충돌하거든."

결국 인간은 더 강한 권력을 두려워하기 마련이다.

"지금까지 권력으로 찍어 누르다가 자기들이 당하니까 당혹스러운 거지."

"그걸로 끝?"

"현실적으로 말하면? 끝이지, 보통은."

권력은 한번 쓰기 시작하면 계속 쓰게 된다.

유영민이 세 사람을 상대로 학교에서 권력을 휘둘렀다지만, 실제로 이득을 취한 것은 아니다.

그렇기 때문에 문제가 해결되고 나서 계속 이어 갈 이유도 없다.

"이 상황은 그런 거야. 보통 권력이 있는 쪽에 알아서 기거든. 그런데 그러다 그와 상충하는 권력이 생기면 상황이 달라지는 거지, 지금처럼."

결국 알아서 기지 못하게 되는 거다.

"학교도 그렇고 학생들도 그렇고, 너라는 권력이 있는 이상 더는 그놈들 눈치를 보지 않아도 되는 거야."

"전 그러면 이제 좀 조용히 학교를 다닐 수 있는 건가요?"

"재미없나 봐?"

"음…… 제 취향은 아니에요."

유영민은 어깨를 으쓱했다.

"사람들이 저를 볼 때마다 눈에서 두려움이 느껴지는 건 재미없더라고요, 제가 어려서 그런 건지."

유영민의 말에 노형진은 안도의 미소를 지었다.

"그런 게 좋은 거다."

그 두려움에 중독되는 순간 사람은 나락으로 떨어진다.

돈은 있을지언정 인성은 없는 괴물이 되는 것이다.

"하여간 그 미친놈들이 찍소리도 못 하고 다니는 걸 보니 속은 시원하네요."

아무리 돈이 있고 권력이 있다고 해도 결국 인간은 사회적 동물이다.

그 힘 때문에 세력을 만들었지만 더 큰 세력과 싸워서 졌을 때 그들 주변에는 누구도 남지 않는 게 정상이다.

"그래, 고생했다."

노형진은 유영민의 머리를 쓱쓱 문질렀다.

하지만 머릿속에서는 여전히 많은 생각이 스쳐 지나가고 있었다.

"그쪽에서는 뭐라고 말이 없던가요?"

애들 싸움은 애들 싸움으로 두게 하자, 그게 노형진의 결론이었다.

하지만 그들이 백이라는 걸 썼으니까 유영민도 백을 쓰게 만든 것이다.

"귀신같이 알고 오는군."

유민택은 노형진이 찾아오자 조심스럽게 말했다.

"영민이가 왕따를 조장한다고 사과와 전학을 요구하더군."

"적반하장이 따로 없군요."

"그래. 못 한다고 했네. 그쪽에서 불만은 표시하고 있지만 말이야."

안 봐도 뻔하다.

자기들이 하는 건 정상적이며 합당한 거고, 남들이 하는 건 비정상이고 폭력이라는 거다.

인간들은 대부분 그런 마인드를 가지고 있으니, 그걸 관철할 힘이 있다면 더더욱 그럴 것이다.

"하지만 제대로 공격은 못 하는 모양이야."

"당연하죠. 이건 애들 싸움이니까요."

노형진이 내세운 조건은, 애들 싸움은 애들이 서로 멱살 잡고 싸우게 하라는 게 아니다. 그들이 행하는 대로 하라는 것이다.

그들이 갑질 하면 이쪽에서도 갑질 하지만, 그들이 터치하지 않으면 이쪽도 터치하지 않는다.

"만일 그쪽에서 애들 싸움에 먼저 수쓰기 시작하면 이쪽도 참을 필요가 없지요."

그래서 유영민은 그들을 철저하게 무시하면서 그들과 똑같은 방법으로 싸운 것이다.

하지만 그들은 과거에 다르게 유영민을 공격할 수가 없었다.

만일 유영민을 공격하면 그 순간부터 대룡이 공격할 거라는 걸 아니까.

"애들끼리 부모 집안으로 싸우는 거야 뭐 하루 이틀도 아니고요."

어느 틈엔가 세상은 그렇게 바뀌었다.

아이들끼리 부모의 월급에 따라 200충, 300충, 400충이라고 놀리며, 가난한 아파트 출신을 거지라고 놀리고, 아파트를 지을 때는 아예 임대 아파트의 탈출로를 막아 버림으로써 결과적으로 가난한 사람을 죽게 만들었다.

심지어 엘리베이터조차도 따로 만들고, 카드가 없으면 엘리베이터도 못 쓰는데 배달시켜 놓고 가지러 1층까지 나오지도 않는 게 현대의 비정함이다.

"그런데 자네가 여기까지 왔다는 건 나한테 할 말이 있다는 뜻일 것 같은데?"

"뭐, 사실 없는 건 아닙니다. 그 녀석들이 반성할 것 같지는 않거든요."

"반성이라……."

유민택은 눈을 감고 곰곰이 생각에 빠졌다.

과연 그놈들이 반성할까?

현실적으로 그놈들이 반성할 가능성은 그다지 높아 보이지 않는다.

아니, 현실적으로 할 리가 없다.

"설마 그놈들이 따로 수를 쓸 거라고 생각하나?"

"보통은 그렇지 않습니까?"

"아무리 그래도 미쳤다고 그 집에서 우리한테 손을 댈까?"

그랬다가 성화가 날아가는 꼴을 봤다.

그리고 결국 산 놈은 영원히 감옥에 살고 죽은 놈은 인체의 신비전에 몸뚱이가 팔렸다는 소문이 돌았다.

"압니다. 그 집에서는 손대지 않을 겁니다. 하지만 그 애들이 문제지요."

"그 애들?"

"그렇습니다."

노형진은 고개를 끄덕거렸다.

"말씀하신 것처럼 애들의 마인드가 정상이 아니니까요."

일반적으로 이쯤 되면 반성하면서 다시는 안 하려고 해야 정상이다.

하지만 그들은 그렇지 않다.

부모 아래서 모든 걸 누리고 살았고 한 번도 물러남이라는 걸 몰랐다.

그렇게 배워 왔고, 그 때문에 학교 폭력을 천연덕스럽게 했다.

"가정교육은 중요하지요. 그런데 저런 집안에서 하는 가정교육은 뻔하지 않습니까."

걸리지만 않으면 된다.

그게 그들의 생각이고 그렇게 살아왔다.

"으음."

진지하게 걱정스러운 표정이 되는 유민택.

"설마 그놈들이 깡패라도 동원할 거라 이건가?"

"그럴 가능성도 분명 존재합니다."

"하지만 영민이한테는 사람이 붙어 있는데?"

아무리 바르게 키우려고 한다고 해도 결국 유영민은 재벌이다.

남과 다른 삶을 살아가는 사람이고, 당연히 직원이 항시 따라다니면서 보살펴 준다.

"압니다."

노형진은 고개를 끄덕거렸다.

"하지만 극단적인 짓을 하려고 들면 한 명이든 두 명이든 사실 상관없지요."

"한 명이든 두 명이든 상관없다라……."

유민택은 눈을 찡그렸다.

부정할 수는 없다. 분명 여차하면 피해자들을 죽여 버리는 재벌가가 분명 존재하니까.

"그러면…… 경호원을 붙여야 하나?"

"물론 그래도 되지요. 하지만 그랬다가는 일이 더 커질 겁니다. 나중에 그들을 계속 유지하는 것도 일이고요."

"그러면?"

"애초에 이놈들이 쓸 만한 카드는 뻔하니까요."

그들에게도 사람이 붙어 있을 것이다.

하지만 그 사람들은 아이들의 보호를 위해서만 붙어 있는 게 아니다.

비상시에 그들을 감시하고 브레이크를 거는 것도 그들의 목적이다.

"그놈들도 그건 압니다. 그러면 자기를 따라다니는 회사의 직원에게는 당연히 더러운 일을 시키지 못하지요."

물론 그들이 어느 정도 커서 재벌가의 일원으로 후계자 싸움을 시작하면 모르겠지만, 현실적으로 고작 열여덟 살짜리가 사람들을 밟아 가면서 후계자 싸움을 할 리가 없다.

"특히 그런 성격이라면 부하들은 그들 뒤로 서지 않습니다."

왜냐? 그런 성격이라면 나중에 필요 없으면 팽할 놈이라는 걸 아니까.

"그러니 그놈들은 아직 세상을 모르는 거지요."

"그러면 그놈들이 쓸 수 있는 집단은……."

"뻔합니다. 폭주족 정도겠지요."

진짜 조폭? 그런 사람들을 찾는 것도 문제거니와, 그런 쪽에서 작업할 때는 진짜 조심해서 상대방을 고른다.

만일 곤란한 사람을 건드렸다가는 진짜 다 죽는 수가 있으니까.

"설마 중국계 킬러를 고용한단 말인가?"

"아마도요."

"미친. 그게 정상이라고 생각하나?"

"그들에게 정상을 기대하면 안 된다고 하신 게 유 회장님입니다."

유민택은 침묵을 지켰다. 틀린 말이 아니니까.

지금이야 자리 잡고 기업을 운영한다지만 자신이 성장할 때 사고로 죽을 뻔한 일이 몇 번이나 있었는지 셀 수가 없었다.

"물론 진짜로 영민이를 위험하게 할 생각은 아닙니다. 그랬다면 벌써 난리가 났겠지요."

"그러면?"

"그놈들에게 미끼를 던져 볼까 생각 중입니다."

만일 별일이 없다면 그저 돈만 조금 날리는 거지만, 별일이 생긴다면 그때는 상황이 곤란해질 것이다.

"미끼라……."

"네. 그놈들이 미끼를 문다면 그때는……."

노형진은 차갑게 눈을 빛냈다.

"두 번은 기회를 줄 필요가 없겠지요."

⚖

"닝기미 씨발, 일이 어쩌다가……."

자신의 부하들이 모조리 잡혀갔다.

정확하게는 유영민의 협박에도 굴하지 않고 찾아온 놈들인데, 그놈들을 경찰에서 납치로 잡아간 것이다.

물론 세 사람은 재빨리 손절을 했고, 그제야 다른 놈들도 이놈들하고 엮여 봐야 어차피 좋은 꼴은 못 본다고 생각했는지 알은척도 하지 않았다.

"씨발, 우리 신세가 어쩌다 이렇게 됐냐?"

고작 유영민 하나를 못 이겨서 바닥을 설설 기게 된 자신들의 처지가 한스러운지 장거산이 이를 뿌드득 갈았다.

"학교에서 우리가 왕따라니, 어이가 없다."

자기들이 왕따를 조장한 적은 있지만 왕따를 당해 본 적은 없기에 그들은 지금의 상황이 너무 충격적이었다.

"씨발, 이게 다 그 유영민 그 새끼 때문이야."

신태동은 이를 박박 갈았다.

그가 나서지만 않았으면 자신들은 학교에서 왕처럼 살 수 있었을 것이다.

하지만 유영민이 나서면서 일이 틀어졌다.

지금까지 자기들이 왕이었는데 그 왕이 바뀌었다는 사실을, 그들은 인정하기 싫었다.

"아빠한테 조져 달라고 할까?"

"말이나 되냐? 지난번에 아빠한테 또 한 소리 들었다."

장거산이 투덜거리자 박시우는 지난번에 자신의 아빠한테 들은 말이 생각났다.

"다른 놈은 다 괜찮지만 그 새끼는 안 된다잖아."

"씨발, 그러면 손대지 말라고?"

"절대 손대지 말래."

"씨발, 그러면? 우리는? 뭐 졸업할 때까지 왕따당하라는 거야?"

"졸업할 때까지가 아니지. 이 지랄 났는데 대학이라고 멀쩡하겠냐?"

"염병."

특이한 사항이 없는 한 한국에서 재벌가가 갈 만한 대학교의 수준은 정해져 있다.

물론 원하면 다른 대학으로 갈 수도 있겠지만 일단 수준 차이가 너무 난다.

그리고 지방대를 나와 봐야 다른 재벌가와 비교되어서 병

신 취급은 확정이다.

당연히 후계자 문제에서도 심각하게 불리하게 작용될 수밖에 없다.

"거기에 가도 계속 왕따시킨다는 거야?"

"그럴지도 모르지."

물론 유영민은 그럴 생각이 없었다.

하지만 그들이 같은 학교를 가게 되고 또 똑같은 짓을 하게 되면 이야기는 달라진다.

"그놈이 조지려고 하면 우리는 당할 수밖에 없는 거야."

"설마 우리를 조지려고 할까?"

"씨발, 학교만 있는 게 아니잖아."

박시우는 얼굴을 찌푸리며 말했다.

그래도 그나마 박시우는 이 안에서도 머리가 좀 돌아가는 편이었다.

"그 새끼가 나중에 회장이 되면? 그때 우리 조지는 건 일도 아니지. 후계자 문제도 있잖아."

"후계자? 벌써?"

"그 새끼 아빠, 뒈졌잖아."

"아……."

아무리 지금은 유민택이 운영하고 있지만 결국 언젠가는 유영민이 대룡을 이어받아야 한다.

원래대로라면 유영민의 부모 세대가 이어받아야 하지만

애석하게도 대룡에는 그 세대가 없다.

그 말은, 유영민이 나이가 되면 바로 넘겨받을 가능성이 크다는 거다.

그래서 그 시간을 어떻게 해서든 늦추기 위해 유민택이 좋은 건 다 먹고 건강관리를 엄청나게 한다는 건 널리 알려진 사실이다.

"씨팔."

그제야 나머지 두 사람은 문제가 뭔지 알아차렸다.

"그 새끼가 주식을 긁어모으면서 우리를 엿 먹이려고 하면 어쩌지?"

"난 외동인데?"

멍하니 말하는 신태동에게 박시우가 병신 같은 소리 하지 말라는 시선으로 바라보았다.

"너는 외동이지만 너희 아빠는 외동이 아니지."

"아…… 음……."

즉, 아버지의 형제들 싸움에 끼어들 수도 있다는 거다.

"어쩌지, 씨발? 지금이라도 빌어?"

"가오가 있지, 어떻게 빌어? 빌면? 졸업할 때까지 시다바리 할래?"

"……."

만일 그렇게 되면 사회에 나가서도 서열이 생기게 된다.

재벌가들은 서로 소문이 빠르다.

세 사람이 유영민의 시다바리 노릇을 했다는 사실이 알려지면 모두가 그들을 무시할 테고, 그건 결코 좋은 결과로 다가오지는 않을 것이다.

"그러면 어쩌지?"

"그 새끼 조지자."

"뭐?"

박시우의 말에 다들 눈을 동그랗게 떴다.

"진짜 조지자고?"

"어차피 기업을 운영하다 보면 사람 한두 명 뒈지는 건 일도 아니잖아. 너 사람 한 명 안 죽여 보고 기업을 운영하려고?"

"아니, 우리가 직접 죽이는 건 좀……."

"우리가 죽이나 남 시켜서 죽이나 똑같은 거 아냐?"

그들에게 사람의 생명이 중요하다는 사상은 없었다.

다만 자신의 권력에 덤빈 자와 재산을 노리는 놈들을 혼낸다는 생각만 머릿속에 가득했다.

"그 새끼 조져 버리자. 우리 변호사가 우리 아빠랑 이야기하면서 그러더라, 시체가 없으면 사건도 없는 법이라고."

"'시체가 없으면'이라……."

"어차피 그 새끼, 자기 비서랑만 같이 다니잖아."

그러니 납치해서 죽여 버리고 시체를 묻어 버리면 된다는 생각이 그들의 머릿속에 떠돌았다.

"그건 너무 위험해."

"그러면 너 그냥 인생이 바닥에 처박히는 걸 보고만 있을래? 후계자 싸움에서 도태되면 어떻게 되는지 몰라서 그래? 누구처럼 라면을 외상으로 처먹다가 뒈질래?"

"……."

"……."

그들이 하는 얘기는 재벌가에서도 유명한 얘기다.

모 재벌가의 사촌이 그렇게 죽었으니까.

그 재벌가에서 그의 아버지는 후계자 싸움에서 패배해 바닥으로 떨어졌다. 그리고 그는 극빈층으로 전락했다.

사촌이 그렇게 가난하면 하다못해 호구지책이라도 만들어 줘야 하지 않나 하는 것이 일반적인 사람들의 생각이지만 애석하게도 재벌가들의 마인드는 달랐다.

그들이 보기에는 사촌도 성장해서 자신을 노릴 수 있다고 생각하기에, 일어나지 못하게 끊임없이 방해했고 취업조차도 하지 못하게 했다.

결국 그 사촌은 고작 40대의 나이에 질병으로 죽었는데, 돈이 없어서 동네의 작은 슈퍼마켓에서 외상으로 라면 세 개를 가지고 간 것이 알려지면서 재벌가의 비정함에 대해 기사가 나가기도 했다.

"씨발……."

"만일 우리 때문에 아빠가 후계자 못 되면 우리 좆 돼는 거야, 이 새끼들아."

박시우는 나름 머리를 썼다.

하지만 애석하게도 그의 머릿속에 유영민과 친하게 지낸다는 생각은 없었다.

그러면 후계자 자리에서도 플러스 점수를 받았겠지만, 자신에게 대항한 유영민과 친하게 지낸다는 것은 지금까지 왕으로 살아온 박시우에게 있어서 자기가 고개를 숙여야 한다는 걸 의미했고, 박시우는 그럴 생각이 눈곱만큼도 없었다.

"조지자."

"하지만…… 누구를 시켜? 우리 비서들? 그 새끼들 시키면 우리 좆 될걸."

장거산의 말에 박시우는 눈을 반짝거렸다.

"쓸 만한 사람들이 있어."

노형진이 그들이 설레발을 칠 수 있다고 경고했지만 유민택은 사실 크게 믿지는 않았다.

아무리 그래도 고작 열여덟 살, 즉 고 2라고 생각했으니까.

하지만 노형진은 살인자의 인성이 어려서부터 나타난다는 걸 알고 있었다.

특히나 거기에 브레이크가 걸린 적이 없다면 더더욱 위험하다는 걸 알았다.

그래서 진짜로 제보가 들어왔을 때 유민택은 어이가 없어 했고 노형진은 당연하다고 했다.

"이 미친놈들이 진짜로 사람을 구했다고?"

"네. 중국계 조직에 대해 아는 사람을 구한다고 부탁하더라고요."

최범은 그 지역의 폭주족 중 한 명이었다.

그 지역에서 세력을 가지고 있고, 폭력 조직은 아니지만 그래도 그 지역에서 학생들에게는 형님 소리 들어 가면서 가오를 잡는 애들의 우두머리였다.

'남들이 보기에는 무슨 대단한 조직인 줄 알겠지만…….'

하지만 최범은 폭력 조직 소속이 아니다. 그저 폭주족의 대장일 뿐이다.

당연히 그런 라인은 모른다.

"그런데 저한테 전화해서 그런 사람을 아느냐고 물어보더라고요."

물론 선은 닿아 있다.

대부분의 폭력 조직이 그렇듯이 상위까지는 아니지만 그래도 인력 보충 차원에서 그 지역의 폭주족들과 손잡는 건 흔한 일이니까.

'하지만 우리가 먼저 접촉할 줄은 몰랐겠지.'

직접적인 접촉은 아무리 그래도 재벌가 자제인 만큼 불가능할 테고, 그 상황에서 가장 가능성이 높은 게 평소에 어울렸던 사람들이다.

그리고 박시우와 신태동 그리고 장거산이 평소에 폭주족과 어울려 다녔다는 건 어렵지 않게 나온 정보였다.

"노 변호사님이 미리 말씀해 주시지 않았다면 저희가 큰일 날 뻔했다니까요."

최범은 너스레를 떨면서 말했다.

"자랑할 건 아니다만."

"아……."

그 말은 자신들이 그들에게 중국계 조직원을 소개해 준다는 걸 의미하니까.

만일 유민택이 알았다면 최범이 아니라 폭주족 전부가 죽지 못해서 사는 삶을 살게 되었을 것이다.

'하긴 그런 지능이 있으면 폭주족 안 하지.'

더군다나 저들이 하는 건 스피드를 즐기는 폭주가 아니다.

저들이 하는 건 세력화해서 지역을 지배하려고 하는 준폭력 조직형 조직이다.

"당장…… 죽여 버리고 싶군."

유민택은 분노로 주먹을 부들부들 떨었다.

그가 아무리 착하게 살려고 한다 해도 그건 어디까지나 자신을 건드리지 않을 때의 이야기다.

그쪽에서 먼저 건드리려고 한다면 이쪽에서 봐줄 이유는 없다.

"그들과 일반인이 사는 세계가 다르다는 생각은 했지만……."

노형진은 고개를 절레절레 흔들었다.

예상은 했다.

하지만 그건 어디까지나 예측이지, 마음 한구석으로는 '그래도 설마.' 하는 생각을 했다.

하지만 그들은 걸리지 않으면 된다는 단순한 생각만 한 것이다.

'하긴 대부부의 재벌가가 그렇지.'

아니, 모든 인간이 다 그렇다.

걸리지만 않으면 된다는 생각. 그게 그들의 기본적인 마인드다.

다만 재벌은 돈을 가지고 있기 때문에 선택의 폭이 넓은 것뿐이다.

일반인이 불법 주차 정도만 생각한다면 재벌가는 살인을 생각할 만큼 생각하는 방법 자체가 다르기 때문에 그들에게서 정의를 기대하면 안 된다.

"당장 경찰을 불러서 그놈들을 죽여 버리겠네! 그리고 그놈들을 모조리 망하게 하겠어!"

길길이 날뛰는 유민택을, 노형진은 진정시켰다.

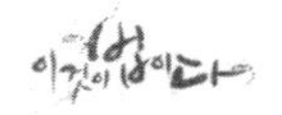

"그러지 마십시오. 그러면 저쪽에 놀아나는 겁니다."

"무슨 소리인가? 우리 아기를 노렸어! 내가 그 문제에 대해 얼마나 예민한지 알면서도!"

분노로 눈이 붉게 변한 유민택.

"자네가 애들 싸움이라고 해서 참았네. 그런데 이게 애들 싸움인가? 애들이 살인까지 하나?"

"하지만 대룡은 적이 너무 많습니다."

"그러면 어쩌란 말인가! 저놈들을 용서하란 말인가!"

노형진은 고개를 저었다.

"아닙니다. 용서하시라는 게 아니라, 지금 법을 이용하면 그들에게 면죄부를 주는 셈이 됩니다."

"뭐라고?"

"그놈들, 미성년자입니다."

"큭."

순간 유민택은 이를 악물었다.

미성년자가 뭘 의미하는지 그도 알고 있기 때문이다.

"그걸 가지고 우리가 신고하면? 기껏해야 2호 처분, 아니면 3호 처분입니다. 그것도 저쪽에서 거의 방어를 포기했을 때요. 당연히 변호사를 사서 방어할 텐데, 그러면 진짜 잘해봐야 1호 처분입니다."

"우리 대룡이야!"

"압니다. 대룡이지요. 하지만 저쪽도 재벌입니다. 그리고 방금도 말씀드렸다시피 대룡이 나선다고 해도 결국 미성년자이기 때문에 받는 처벌은 뻔합니다. 2호 처분을 받고 나면 우리는 그 이후에 손 못 댑니다. 그때부터는 보복이 되어 버리니까요. 그렇다고 그들과 전쟁할 수는 없지 않습니까? 지금 회장님이 가장 꺼리는 게 그들과의 전쟁 아닙니까?"

"젠장, 그러면 어떻게 하란 말인가? 아무리 어린놈의 새끼라고 하지만 그놈들을 가만둘 수는 없네."

"그럴 때는 법이 아닌 다른 처벌을 이용하면 됩니다. 애니까, 애들한테 맞게 부모에게 처벌을 맡기는 겁니다."

"장난하나?"

"장난이 아닙니다. 그렇게 함으로써 그들의 인생 자체를 완전히 박살 낼 수 있습니다."

유민택은 심호흡을 했다.

법이 안 된다면 다른 방법을 쓴다. 그게 노형진의 특기니까.

"어떻게 말인가? 부모들이 브레이크를 걸 리가 없는데. 아니, 변호사를 사서 사건을 덮으려고 할 텐데?"

"그들에게 범죄의 기회를 주는 겁니다."

"뭐?"

"그들이 중국계 킬러를 원하면, 보내 주면 되는 겁니다."

다만 그 킬러들이 노리는 건 유영민이 아니게 될 것이다.

노형진은 그렇게 확신하고 있었다.

⚖

"2억?"

"그래. 너무 적어?"

"아니, 어떤 종간나 새끼를 죽이는 것이기에 2억이나 주는 기야?"

폭주족에게서 소개받은 킬러들은 눈을 반짝거렸다.

"유영민이라고, 좀 나대는 새끼가 있어."

박시우는 눈을 번뜩이면서 말했다.

"묻지도 따지지도 말고 그냥 그 새끼만 죽여 줘. 돈이 필요하면 더 줄 테니까."

"증거 필요해?"

"증거?"

"뭐, 귀를 잘라 온다거나 손가락을 잘라 온다거나."

"아니, 그건 아니고, 다만 흔적은 남기만 안 돼. 아, 그리고 그놈을 따라다니는 놈이 있을 거야. 그놈도 같이 처리해. 둘 다 살아 나오면 안 돼."

"두 명? 그러면 두 장이면 너무 적은데?"

"원래 이런 건 후불로 하는 거라고. 죽이면 두 장 더 줄게."

"어린 애새끼 같은데 돈 겁나 많구만."

"입 닥치고 우리가 시키는 대로 하지? 이번에 제대로 하면

종종 보게 될 거야."

"알겠지비."

중국인 킬러는 히죽 웃으면서 돈을 챙겼다.

"이제 그 두 놈은 영원히 볼 일이 없을 기야, 후후후."

⚖

물론 그 중국인이 한 말은 거짓말이 아니었다.

다만 다른 쪽으로 그런 일이 벌어졌다.

"씨팔."

재벌가의 후계자가 된 후에 박시우의 아버지 박강용은 가능하면 거친 말은 쓰지 않으려고 했다.

하지만 이건 욕이 안 나올 수가 없다.

아니, 박강용뿐만이 아니라 다른 두 사람도 마찬가지였다.

"녹음 잘되었지요?"

노형진은 세 사람을 보면서 실실 웃었다.

"어떻게 생각하십니까? 아드님들이 뭔 짓을 저질렀는지, 들어 보니까 느낌이 오십니까?"

"……그래서, 원하는 게 뭡니까?"

이를 악문 박강용은 노형진에게 물었다. 그러나 노형진은 실실 웃기만 했다.

박강용의 질문이 계속되었다.

"협상을 하자는 겁니까? 경찰에 신고하기 전에 뭐라도 하겠다는 겁니까? 우리한테 돈이라도 내놓으라는 겁니까?"

"그럴 리가요."

노형진은 어깨를 으쓱했다.

상대방도 결국은 재벌가다.

대룡에서 경찰에 이걸 신고할 수는 있겠지만, 현실적으로 그들도 덮으려고 할 가능성이 높다.

"저희가 바보도 아니고, 그쪽에서 살인미수를 덮으려고 할 것을 모르겠습니까?"

그리고 이런 경우 유리한 것은 저쪽이다.

일단 대룡은 하나고 저쪽은 셋이다.

세 명이 총력을 기울여 덮으려고 하면 언론에서도 덮으려고 할 게 뻔하다.

"그건 경찰도 마찬가지일 테고요."

설사 인정된다고 해도 형량이 얼마나 나올까?

기껏해야 2년 정도 나올 것이다.

아니, 그 정도도 안 나올 게 뻔하다.

'법은 얼마든지 조작할 수 있으니까.'

농담이 아니다.

실제로 제주도에서는 다툼 중에 상대방을 죽일 목적으로 전기톱을 가지고 와서 사람의 다리를 잘라 내 버린 범죄가 있었다.

피해자가 쓰러지자 아예 그를 토막 내기 위해 전기톱을 들고 덤볐지만, 주변 사람들이 막아서서 살인은 실패했다.

애초에 전기톱이라는 게 극단적 무기고 상해로만 끝내려고 한 것도 결코 아닌데 경찰은 그를 특수 상해로 체포했다.

상식적으로 그건 누가 봐도 살인의 고의가 있는 행위였다.

애초에 사람이 전기톱에 썰리면 살 수 있는 가능성이 별로 없으니까.

더군다나 그 당시에 자발적으로 멈춘 것도 아니고 주변에서 막아서 멈춘 것이다.

그런데도 그는 특수 상해로 끝났다.

이유는 간단하다. 그가 지역 유지였기 때문이다.

'하물며 지역 유지도 그 정도인데.'

분명 저들은 단순 협박 정도로 사건을 덮으려고 할 것이다.

더군다나 범행 당사자들이 모두 만 16세 미만이다.

즉, 법적으로 미성년자이기 때문에 제대로 처벌받지 못한다.

그걸 알기에 노형진이 유민택에게 절대 법에 기대지 말라고 한 것이다.

한국 사회에서 미성년자라는 것은 거의 절대적인 방어막이기 때문이다.

"제가 바보도 아니고, 뻔하죠. 기껏해야 4호 처분이나 5호 처분으로 끝나겠지요."

노형진은 그렇게 말하면서 그들을 바라보았다.

"그걸로 우리 분노를 잠재울 수는 없습니다."
"그러면 우리보고 어쩌란 말인가? 지금 가서 회장님에게 무릎이라도 꿇고 빌까?"
"그럴 필요는 없고요."
노형진은 스윽 종이를 내밀었다.
"우리의 조건은 이겁니다."
"이런 미친."
노형진이 내민 종이를 받아 든 세 사람은 말도 안 된다는 표정이 되었다.
그만큼 그 조건은 어이가 없었다.
첫 번째는 전학. 그것도 같이 가는 게 아니라 한 명은 강원도, 한 명은 충청도, 한 명은 전라도로 가야 한다는 조건이었다.
그것뿐만이 아니었다.
그 세 명은 대학 진학 금지였다.
그리고 세 명 다 군대를 무조건 가야 하며, 입대 기간을 제외하고는 만 29세까지 각 지역을 벗어날 수 없다. 물론 도가 경계인 만큼 좁은 구역은 아니지만.
그리고 마지막으로, 그들에게 대룡에서 사람을 붙여서 그 모든 것을 감시한다.
"이런 황당한 조건은 뭔가?"
"뭐긴요. 당신네 아들들 인생을 박살 내는 거지."
농담이 아니다.

대학도 못 가고 스물아홉 살까지 지방에서 올라오지도 못하면 현실적으로 차기 후계자로서는 가치가 없다.

"우리가 이걸 받아들일 거라 생각하나?"

"안 받아들이면……."

노형진은 녹음 파일을 흔들었다.

"이걸 공개할 겁니다."

"얼마든지 해! 이런 황당한 조건은 받아들일 수 없네."

"그러겠지요."

노형진은 피식 웃었다. 테이프를 공개한다고 해 봤자 저들은 조금 욕먹고 덮으면 그만이다.

"지금 공개하면 의미 없겠지요. 하지만 후계 전쟁이 한창일 때라면 어떨까요?"

"뭐?"

"만약 당신들이 여기서 거절하고 나간다면 우리는 이걸 꾹 쥐고 있을 겁니다. 그리고 당신들이 본격적으로 후계 전쟁을 시작할 때 뿌릴 겁니다. 조건은 당신들의 확실한 파멸."

박강용과 다른 사람들의 눈빛이 떨리기 시작했다.

"공개라는 건 결국 타이밍이지요."

그때쯤이면 일단 그놈들도 성인이 되었을 것이다.

"그리고 우리는 총력을 다해서 이 일을 키울 겁니다. 자식이 살인미수라면, 과연 당신들에게 후계 자리가 올까요?"

올 리가 없다.

더군다나 이 자료는 대룡에서 당당하게 그 후계 싸움에 끼어들 명분이 된다. 자신의 후계자를 죽이려고 한 놈들을 가만둘 수는 없으니까.

"세 분은 3 : 1로 싸우면 우리를 이길 거라고 생각하시죠? 그런데 후계자 싸움이 시작된 후에도 과연 그렇게 될까요?"

그때는 3 : 1이 되지 않는다.

형제들의 숫자에 따라 힘이 나뉘는 데다가, 거기에 대룡이 끼어서 다른 형제에게 손을 내밀면 그들은 기꺼이 손을 잡을 것이다.

"마치 대동처럼 말이지요."

"……."

"대동이 아주 개판이 되었다지요? 후후후."

"악마 같은 놈!"

박강용은 노형진의 악마 같음에 분노해서 소리를 질렀다.

노형진은 박강용을 바라보았다.

그리고 비릿하게 비웃음을 지으면서 그를 바라보았다.

"731부대 아십니까?"

"뭐?"

"일본군의 731부대에서 그랬다고 하더군요. 철판으로 만든 방에 아이를 낳은 엄마를 집어넣었답니다. 그리고 거기에 불을 때서 철판을 달궜다고 하더군요."

"그게 무슨 소리야!"

"그리고 그 엄마가 아이를 밟고 올라가게 했답니다. 모성애 실험이라고 해서, 그렇게 하는 데 얼마나 걸리는지 시간을 쟀다고 하더군요."

그렇게 말하는 노형진의 얼굴은 이루 말할 수 없이 차가웠다.

"그런 것에 비하면 저희는 아주 양심적인 조건인 것 같은데요. 저희가 자녀분들을 죽이라고 했던가요?"

"큭."

"간단합니다. 당신들이 직접 아들들을 처벌하든가, 아니면 같이 망하든가."

그들은 부들부들 떨 수밖에 없었다.

"그 세 놈들이 지방으로 내려갔네. 스물네 시간 우리 쪽 사람들이 붙어서 감시할 거야."

유민택 회장은 만족스러운 듯 말했다.

노형진의 말마따나 법으로 처벌했다면 그놈들은 솜방망이 처벌을 당했을 것이다.

하지만 이제 그들은 미래를 통째로 빼앗겼다.

더는 그들은 재벌가라고 갑질도 못 한다.

그러면 이쪽에 보고가 올라올 테니까.

"그들의 인생 자체를 빼앗았군."

"그들의 인생만 빼앗은 건 아니죠."

"그게 무슨 소리인가?"

노형진은 고개를 돌려서 옆에 있는 유영민을 바라보며 말했다.

"이제 다음 책임은 영민이의 몫입니다."

"네? 저요?"

"그래. 이제 이 이후는 네가 해야지."

"아니…… 제가 왜요?"

"간단해. 그들의 아버지들은 어떻게 해서든 권력을 잡으려고 할 거니까."

노형진과 대룡에 보복하기 위해서 말이다.

아니, 스스로를 보호하기 위해서라도 어떻게 해서든 손아귀에 기업을 넣으려고 할 것이다.

"그리고 자연스럽게 그다음에 후계 싸움이 또 일어날 거다."

사실 원래대로라면 유영민은 다다음 세대를 이끌어야 한다.

하지만 어쩌다 보니 다음 세대가 되었다.

"즉, 준비를 잘하면 그들을 꺾을 수도 있을 거다."

"준비요?"

"그래. 이 조건을 단 이유는 간단해. 다음 대는 모르지만, 다다음 대에는 분명 무능한 놈이 대표가 될 테니까."

"아!"

인간은 배움으로 성장한다.

그런데 박시우와 신태동 그리고 장거산은 그 배움의 기회를 박탈당했다.

물론 자기들의 아버지가 회장이 된 후에는 다시 배울 수 있는 기회가 생길지도 모르지만…….

“사람은 고쳐 쓰는 게 아니라고 했지.”

그들은 이번에 추방당한 것을 원한으로 삼고 이를 박박 갈 것이다.

하지만 노형진과 대룡은 그걸 막지 않을 것이다.

그들이 점점 더 인간쓰레기가 될수록, 그들이 대표가 되었을 때 기업은 더더욱 흔들릴 테니까.

“그러면 자네가 확보한 자료는 쓸 일이 없는 건가?”

“없는 거죠. 궁극적으로 우리는 그들이 대표가 되도록 해야 합니다. 그래야 그들의 기업이 몰락할 테니까요.”

“자네…… 무섭군.”

그냥 서울에서 쫓아내고 인생이 망가지는 걸로 끝일 거라 생각했다.

하지만 노형진은 더 먼 미래를 바라보고 물어뜯고 있었다.

“미래를 준비하는 기업은 10년 후가 아니라 30년 후를 내다보며 대비합니다.”

그때가 되면 그들의 기업은 갈가리 찢어질 것이다.

“그리고 그게 그들에게 내리는 처벌입니다.”

노형진은 자신 있게 말했다.

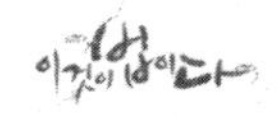

꿈도 희망도 없는 바닥 그 아래

"실종요?"

"네. 한데 상황이 좋지 않아요."

"상황이 좋지 않다는 건?"

"현실적으로 사라진 아이들을 찾는 게 쉽지 않다는 거죠."

노형진의 눈앞에 있는 수녀는 침울하게 말했다.

노형진은 걱정스러운 표정으로 그녀에게 물음을 건넸다.

"아이들이 많이 사라졌나요?"

"많이 사라졌어요, 벌써 열 명 가까이."

"흠……."

"비록 제 품에서 나간 아이들이라고 하지만 안전한 곳에서 잘 살았으면 좋겠어요. 하지만 현실적으로 그게 힘들다는 것도 알아요. 그 짧은 시간 내에 아이들이 그렇게 사라지는 건, 특히나 여자애들만 그렇게 사라졌다는 건 뭔가 벌어졌다는 뜻이에요."

수녀가 새론에 찾아왔을 때 사실 노형진은 당황했다.

그럴 수밖에 없는 게 수녀들의 경우는 헌신과 희생을 모토로 삼고 있기 때문이다.

이는 수녀들 대부분이 소송 같은 극단적 선택을 선호하지 않는다는 것을 의미한다.

'하긴 이 사건은 소송은 아니지.'

그녀는 보육원을 운영하는 사람이다.

정확하게는 그녀가 속한 수녀원에서 보육원을 운영하는 중이라고 한다.

"현실적으로 나이가 먹으면 나갈 수밖에 없지요."

아무리 보육원의 시스템이 잘되어 있다고 해도 결국 나이가 되면 보육원 바깥으로 나가기 마련이다.

"그래서 저희는 최선을 다해서 아이들을 도와줘요."

자신을 로사리아 수녀라고 소개한 수녀는 걱정스러운 표정으로 계속 말을 이어 갔다.

"그런데 보육원에서 나간 아이들이 한두 명씩 연락이 끊어지기 시작했어요."

보육원에서 나간 아이들은 대부분 수녀들에게 자주 연락한다. 현실적으로 그런 아이들에게 수녀는 엄마나 마찬가지니까.

“어느 날 문득 생각해 보니 그런 아이들이 한둘이 아니더라고요.”

로사리아 수녀가 데리고 있던 아이만 세 명이 사라졌다.

이에 이상함을 느낀 로사리아 수녀는 주변 보육원에 확인했는데, 그 결과 연락이 끊어진 아이들이 무려 열 명이 넘는다는 사실을 알게 되었다.

그것도 여자아이들로만 말이다.

“남자아이들은 연락이 되나요?”

“네.”

“혹시 그 애들이 부모에게 돌아갔을 가능성은요?”

보통 보육원이라고 하면 사람들은 부모 없는 아이들이 가는 곳이라고 생각들 하지만, 현실적으로 그런 아이들보다는 돈이 없어서 아이들을 키울 수 없는 사람들이 맡기는 경우가 많다.

세상은 생각보다 살기 빡빡하기에 당연히 아이를 키우는 것도 생각보다 힘들다.

당장 최저임금으로 한 명 살기도 힘들고, 아이가 있으면 일하느라 그 아이를 보살필 수도 없다.

그러니 어린이집에라도 보내야 하는데 퇴근 시간에 맞춰서 운영하는 어린이집은 거의 없으며 존재한다고 해도 상당한 돈을 달라고 한다.

결국 없는 사람들은 눈물을 흘리며 아이들과 잡은 손을 놔야 하는 게 비정한 자본주의의 현실이다.

"부모가 있는 아이들이라면 물론 가능성이 있지만……."

"정말로 부모가 없는 아이들이 문제라는 거군요."

"네. 그 아이들이 그렇게 연락을 끊은 후에 저희가 집에 가 봤어요."

보육원에서 나갈 때 당연하게도 아이들에게는 충분한 돈이 없다.

그나마 로사리아 수녀가 운영하는 곳이 여기저기서 지원도 받고 후원도 받아서 정부에서 주는 돈 말고도 약간의 돈을 더 줘서 대략 600만 원 정도 들려서 내보낼 수 있기는 하지만…….

"현실적으로 그 돈으로는 제대로 된 생활은 불가능할 텐데요."

보증금 500만 원이 기본인 세상인 만큼 그 돈에서 보증금을 내고 나면 남는 돈은 100만 원.

가구도 필요하고 다른 물건도 필요하니 나가는 순간 지옥으로 밀려 들어가는 셈이다.

"그나마 같이 나가는 애들이 있으면 방을 같이 구해 주고는 있는데……."

"그런데 갑자기 아이들이 사라졌다 이거군요."

"네. 심지어 부모님들 집으로 돌아간 애들 중에서도 집을 나간 아이들이 있다고 하더라고요."

같이 사는 애들뿐만 아니라 혼자 사는 애들도 사라졌다.

그냥 실종이 아니라 짐까지 빼서 나가 버렸다고 한다.

"그래서 경찰에 신고를 했는데……."

"이 경우는 애매하죠."

이럴 때는 경찰에서 실종 접수를 안 해 준다.

왜냐? 자기가 자기 짐을 빼고 이사했으니까.

더군다나 로사리아 수녀는 법적으로 말하면 남이다.

그러니 경찰이 찾아본다고 해도 그녀에게 알려 주지는 않는다.

"그래도 아예 노력을 안 하지는 않을 텐데요?"

그녀들이 어디로 갔는지 정도만 확인해서 잘 있다는 소식만 알려 주면 되는 거다.

경찰이 빡빡하기는 하지만 주소를 확인하고 연락해서 그녀들의 안전을 확인해 주는 정도는 가능하다.

사회적으로 수녀는 존경받는 존재고, 특히나 수녀원에 속해서 보육원을 운영하는 분들은 상당히 존중받기 때문이다.

"네, 알아봐 준다고 했어요. 그런데 못 찾았다고 하네요."

"못 찾았다고요?"

"네."

노형진의 눈썹이 묘하게 모였다.

그게 가능할까? 자발적으로 방을 빼고 사라졌는데?

"이상한데요."

방을 뺐다는 것은 이사를 했다는 의미다.

어떤 이유에서 옮겨 간 장소를 알려 주려고 하지 않을 수도 있지만, 일단 이사를 하게 되면 전입신고를 하는 게 당연하다.

"전입신고에 대해서는 다들 알죠?"

"당연히 알죠. 저희가 교육시키는 것 중에서 가장 중요한 부분 중 하나인데요."

전입신고를 하지 않으면 집의 보증금을 보장받지 못한다.

누군가에게는 단돈 500만 원일지 모르나 보육원에서 아이들에게 500만 원은 어마어마하게 큰 돈이다.

그래서 그걸 날리는 것을 막기 위해 보육원에서 가장 먼저 하는 교육 중 하나가 바로 전입신고에 대한 것이다.

"그래서 이상하다는 생각이 들어서 의뢰하려고 온 거예요."

경찰에서는 사건의 특성상 실종으로 처리할 수가 없다고 했다.

일단 자기가 이사한 게 확실하고, 보증금 역시 본인들이 받아 갔기 때문이다.

더군다나 그 이후에 전입신고를 안 한 부분에 대해서도, 법적으로 전입신고는 권고 사항이지 의무 사항은 아니기 때문에 뭐라고 할 수조차도 없다.

결과적으로 말해서 경찰에서는 이걸 실종으로 접수할 수 가 없다.

"저희랑 친한 경찰분들이 틈틈이 찾아본다고는 하는 데……."

하지만 결국 틈날 때만 가능한 일인 만큼 현실적으로 사라진 아이들을 찾는 것은 불가능할 것이다.

"그래서 여기로 온 거예요."

로사리아 수녀는 주머니에서 뭔가를 꺼내 노형진에게 건넸다.

"이건……?"

"제가 가진 전부예요."

그녀가 꺼낸 것은 통장이었다.

조혜선이라는 이름. 아마도 로사리아 수녀의 본명일 것이다.

그 이름으로 들어가 있는 돈, 400만 원.

"원래는 제 장례식을 위해 모아 둔 돈이지만……."

"장례식요?"

"수녀회에서 해 주기는 하지만 그래도 부족할 때가 많으니까요."

노형진은 머리를 긁적거렸다.

수녀들의 희생정신에 대해서는 잘 안다.

가끔 이런 걸 볼 때면 노형진은 왠지 양심의 가책이 느껴

지곤 했다.

“이건 그냥 가져가시죠.”

“하지만 돈도 없이 의뢰할 수는…….”

“이런 경우는 평등재단을 통해 의뢰비를 수납하면 됩니다. 설마 수녀님의 돈을 받아서 저희 배를 채우겠습니까?”

“미안해서…….”

“미안해하지 않으셔도 됩니다. 다른 분들과 마찬가지로 저희가 기부하는 거라고 생각해 주십시오.”

“감사합니다.”

“일단 실종된 아이들의 원래 주소를 적어 두고 가 주세요. 제가 한번 찾아볼 테니까요.”

노형진이 그렇게 말하자 미리 적어 온 건지 로사리아 수녀는 꼬깃꼬깃한 종이 한 장을 남겨 두고 떠났다.

노형진은 그걸 받아서 뚫어지게 바라보다가 전화기를 들었다.

⚖

“고아들이 사라진다고?”

“그래. 일단 성인이 되어서 나간 아이들 중에서 여자애들만 사라지는 모양이야.”

“그러면 그 사람들을 어떻게 찾으려고?”

"그게 문제인데 말이지."

경찰에서 이미 신분 조사를 했으니 그녀들의 주소를 확인해 보는 건 의미가 없다.

"그러면 내가 뭘 해 줘야 하나? 아니, 그건 가출도 아닌 것 같은데 왜 날 불러?"

"너는 검사잖아. 검사가 필요할 것 같은 예감이 들어."

오광훈이 살짝 눈을 찡그렸다.

"범죄의 냄새가 난단 말이야?"

"그래. 생각보다 수녀님과 이런 아이들의 관계는 끈끈한 편이거든."

누군가에게는 보육원은 그냥 일하는 장소일지 모르지만 수녀님들은 그곳을 희생과 봉사의 장소로 생각한다.

그래서 진심으로 행동하고, 어린아이들은 그런 수녀님들의 진심을 알기에 아주 친밀하게 지낸다.

"더군다나 수녀님 말씀 중에 친부모님하고도 연락이 안 된다는 부분도 마음에 걸리고."

"부모? 고아라면서?"

"가난한 애들도 있으니까."

그런 애들은 혼자 생활할 수 있을 정도로 성장하면 집으로 돌아가거나 그게 아니어도 최소한 가족과 연락하고 지낸다.

"그런데 그런 아이들도 사라진다는 건 논리적으로 말이 안 되지."

"흠…… 확실히 이상하기는 하네."

오광훈은 머리를 긁적거렸다.

그는 그다지 부모의 정을 모르고 살아서 잘 알 수 없었지만, 그래도 어지간히 막장이 아니라면 부모에게 연락은 하고 사는 게 보통이니까.

"그런데 이미 방을 뺀 상황에서 어떻게 추적하려고?"

현실적으로 그건 불가능하다.

정식 수사가 아닌 만큼 CCTV도 열어 볼 수 없고, 시간이 많이 지나서 그 자료도 삭제되었을 가능성이 높기 때문이다.

"그래서 말이지, 다른 생각이 있어."

"다른 생각?"

"그래. 가난한 사람들은 한 번은 거쳐 가야 하는 부분이지."

노형진은 그렇게 말하면서 자리에서 일어났다.

"같이 가자. 그쪽에서도 네 명함이 필요할 것 같으니까."

노형진이 오광훈을 데리고 간 곳은 다름 아닌 중고 매장이었다.

한국에는 중고 매장이 제법 많다.

특히 가난한 동네일수록 더 그렇다.

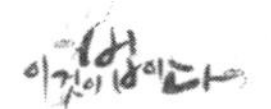

"중고 가구를 뺀 사람요? 뭐, 한두 명도 아니고."

사장으로 보이는 남자는 머리를 긁적거렸다.

"그 가구를 사 간 사람이 다시 판 경우는 없나요?"

"워낙 거래가 많다 보니까……."

"여자 혼자 찾아온 겁니다만."

"여자 혼자라……. 시기는 대충 아시나요?"

"네."

노형진은 미리 로사리아 수녀가 알려 준 시기를 특정해서 알려 줬다.

"에헤, 잘 좀 생각해 봐요. 사건 수사하려고 압수 수색하는 것보다는 협조하는 게 좋잖아요, 협조."

오광훈이 그렇게 말하면서 살짝살짝 압력을 가하자 사장은 불편한 얼굴로 장부를 뒤적거렸다.

"어디 보자……. 아, 그러네요. 그날 가구 들어온 게 있었네. 화장대에 옷장, 가스레인지, 전자레인지 그리고 밥솥 하나. 주소도 맞고, 여기 맞네."

오광훈은 그 말을 듣고는 이상하다는 듯 노형진의 옆구리를 쿡 찔렀다.

"야, 이 정도면 거의 싹 판 거 아냐?"

"그렇지?"

"이사한 거라며? 그런데 이 정도면 팔 수 있는 건 다 판 수준인데?"

"확실히 이상해."

오광훈도 한 번에 알아차릴 정도로 상황은 이상했다. 노형진은 다급하게 사장에게 물었다.

"혹시 그날 거래에 대해 기억나시는 게 있습니까?"

"아니, 이건 내가 회수한 게 아니라서요. 야! 김 군아! 이리 와 봐! 이날 회수 작업하러 나간 거 너지?"

김 군이라 불린 남자는 땀을 닦으면서 다가와 서류를 보더니 고개를 끄덕거렸다.

"네, 맞아요. 제가 갔죠. 저랑 이씨 아저씨랑 같이 갔어요. 이씨 아저씨도 불러올까요?"

"에헤, 그 노친네가 기억이나 하겠냐? 너 뭐 기억나는 거 없어?"

김 군이라고 불린 직원은 머리를 긁적거렸다.

"딱히 없는 것 같은데요. 저도 뭐 신경 쓰지 않았지만……. 아…… 그……."

"뭐든 생각나는 거 없나요?"

"아니, 그게, 이런 말을 하면 어떻게 보일지 모르겠는데……."

머리를 긁적거리는 김 군.

"그 여자를 보고 예쁘다고 생각했죠."

"에라, 이 새끼야."

툭 하고 김 군의 머리를 가볍게 친 사장은 오광훈과 노형

진을 향해 미안한 듯 웃었다.

"이놈이 솔로 기간이 길어서 이래요. 미안합니다. 아무래도 도움이 안 될 것 같은데요?"

"그 당시에 같이 있던 사람은 혹시 없었나요?"

"그런 사람은 없었고요……. 아, 맞다! 옷을 많이 버리더라고요."

"네? 옷을 버렸어요?"

"네. 뭐, 대부분 낡고 싸구려 옷이기는 했는데……."

김 군은 머리를 긁적였다.

"하여간 집을 거의 비우는 눈치였어요. 짐이라고는 작은 캐리어 하나뿐이더라고요."

"작은 캐리어요?"

"네. 그 있잖아요, 여행용."

노형진은 눈을 찌푸렸다.

이사면 이사지 캐리어는 뭐란 말인가?

"감사합니다."

노형진과 오광훈은 결국 이렇다 할 정보도 없이 가게 밖으로 나와야 했다.

가게 앞에 잠시 서 있던 오광훈이 조심스럽게 물었다.

"혹시 남자랑 같이 사는 거 아냐? 너도 그랬잖아? 그런 애들을 노리는 질 나쁜 남자들이 있다고."

"그건 그렇지. 그런 놈들이랑 소송전도 해 봤으니까."

물론 그때 그놈들은 박살을 내 놨지만 뇌가 자기 거시기에 달린 놈들은 넘쳐 나는 게 현실이고, 그 때문에 그런 놈들을 막아 내는 데에는 한계가 있다.

"확실히 상황이 그런 쪽으로 보이기는 하는데."

어차피 남자 집에 갈 테니까 짐도 필요 없다.

옷 같은 것도, 남자가 사 준다고 하면 홀라당 넘어갈 테고.

"수녀님들한테 연락을 안 하는 게 여전히 꺼림칙하기는 하지만 아예 납득 못 할 것도 아니고."

"뭐? 왜? 뭐가 문젠데?"

"아니, 아무래도 수녀님들과 다르게 현실의 문제니까."

그 아이들이 수녀가 될 생각이 없다면 삶은 생존과 현실의 문제다.

만일 그런 남자를 만난다면 수녀님들이 좋아할까?

그럴 리가 없다. 수녀님들도 오랫동안 보육원을 하면서 그런 인간과 엮이면 나중에 팽당한다는 걸 잘 알 테니까.

"하지만 여자 입장에서는 단 1년이라도 먹고 마시고 자는 문제가 해결되는 거거든."

그사이에 돈을 모아서 따로 나와 살 수도 있고, 진짜로 마음에 맞으면 결혼할 수도 있다.

물론 그런 가능성이 낮기는 하지만.

"와, 씨발. 상황이 좆같아지는 거구나."

"그래. 그런 상황이라면 수녀님들은 당연히 반대할 테니까."

그러니 비밀로 할 수도 있다.

모든 게 다 감안할 수 있는 일인데…….

"여전히 꺼림칙하단 말이지."

보육원에서 나온 여자애들을 꼬시던 놈들과 비교하면 뭔가 더 더럽고 찝찝했다.

"한번 물어봐 볼까?"

"뭘 물어봐?"

"자연이한테 말이야. 자연이도 보육원 출신이잖아."

"아, 그건 그렇지."

"그런 애들이 갈 만한 직장을 찾아보는 건 어렵지 않을 것 같은데."

사실 그런 아이들이 갈 수 있는 직장은 한계가 있다.

보통 공장으로 많이 빠진다.

'기숙사형 공장? 아니야. 그런 거라면 연락을 안 할 리가 없어.'

노형진은 그렇게 생각하면서 머리를 긁적거렸다.

"한번 자연이한테 물어봐, 뭐 들은 거 없나."

그리고 그 질문은 상황을 묘하게 만들어 갔다.

"나간 언니들한테 연락을 쫘악 돌려 봤거든요? 그런데 연락 안 되는 언니들이 몇 명 있어요."

"수녀님이 찾은 사람만 열 명이니까 더 있어도 이상하지 않지."

노형진은 그 부분이 꺼림칙했다.

"아저씨 말마따나 그, 여자 꼬시려고 알짱거리는 놈들도 없는 건 아닌데요, 그래도 이상한 게 있더라고요."

"이상한 거?"

"보통 그런 놈들은 보육원에서 나올 때 설레발치거든요."

일단 나가면 그때부터는 그냥 성인인지라 따로 접촉하기가 쉽다.

그래서 보육원에서 나갈 때 슬쩍슬쩍 자기 취향에 맞는 사람들을 고르는 게 보통이었다.

"그런데 시기도 대충 안 맞고."

"단순히 그것뿐?"

"그것도 그건데…… 아, 저 아이스크림 하나 더 먹어도 돼요?"

"그래, 먹어라."

"나 그러면 민트 초코, 헤헤헤."

"극혐이다, 자연아."

"아니, 민트의 아름다움을 모르는 아저씨가 불쌍해요."

오광훈과 만담을 하던 백자연은 잽싸게 아이스크림 하나를 사 와서는 자리에 앉았다.

"어떻게 된 상황인지 물어볼 만한 언니가 한 명 있긴 해요. 연락 안 되는 언니랑 둘이 같이 나갔었거든요."

그런데 한 명은 연락이 두절되었고 한 명만 남아서 생활한다고 한다.

"그 언니도 어디로 갔는지 모른다고 하더라고요."

"그으래?"

같이 집을 구해서 나갔다는 것은 상당히 친밀한 사이였다는 의미다. 그런데 연락이 안 된다?

"혹시 만나 볼 수 있니?"

"당연히 만나 볼 수 있죠. 단! 맛난 것 좀 사 줘야 할 거예요. 고생이 많아서요."

"걱정하지 마. 형진이의 카드는 마르지 않는단다."

"아니, 왜 나한테 불똥이 튀는데?"

"그래서 안 살 거야?"

오광훈의 말에 노형진은 투덜거리는 것 말고는 할 수 있는 게 없었다.

⚖

"미안해서 어쩌죠? 이런 것까지는 필요 없는데……."

백자연이 데리고 온 여자는 박영희라는 이름의 아가씨였다.

그녀는 도수가 높은 안경을 어색하게 고쳐 쓰면서 조심스럽게 말했지만 정작 같이 나온 백자연은 눈치가 없었다.

"아니야, 언니. 먹어, 먹어. 저 아저씨가 사는 거야."

지글지글 익어 가는 한우에서 눈을 떼지 못하고 말하는 백자연.

눈치를 주려고 박영희가 옆구리를 쿡 찔렀지만 백자연의 시선은 미동도 하지 않았다.

"괜찮습니다. 다만 같이 살다가 사라진 분에 대해 이야기를 듣고 싶은데요."

"승혜 말이군요. 저도 연락이 안 된 지 한 1년 넘었어요."

"그 승혜라는 분이 어쩌다 연락이 끊긴 겁니까?"

"승혜랑 저는 같이 공장에 들어왔어요."

독지가의 도움으로 그곳에서 일할 수 있게 되어 같이 일을 시작했다고 한다.

"그러면 그 승혜 씨가…… 성이 어떻게 됩니까?"

"서승혜예요."

"네, 그 서승혜 씨가 생활에 불만이 많았나요?"

"아니요. 딱히 그런 건 없었어요."

그럴 이유가 없었다.

나름 같이 잘 살아가고 있었다. 조금씩 돈도 모아 가고 있었고.

"그런데 뭐가 문제였죠?"

"딱히 문제는 없었어요. 그저 승혜에게 남자가 생겼을 뿐."

"남자요?"

"네. 동거한다고 나갔어요."

"동거요?"

여기까지는 예상 범위 내다.

하지만 문제는 그 이후였다.

"그런데 그 후에 연락이 안 된다?"

"네."

"혹시 그 남자를 본 적이 있습니까?"

"아니요. 한 번도 본 적이 없어요. 몇 번 약속을 잡았는데 그쪽에서 바쁘다고 펑크를 내 버려서요."

"바쁘다고 펑크를 냈다라……."

노형진은 의심이 들었다.

한 번이면 그럴 수 있다. 하지만 몇 번이나 그런다? 그건 좀 이상한 거다.

"그러면 그 사람 전화번호는 아십니까?"

"아니요."

"직장은요?"

"대룡에 다닌다고 들었어요."

"대룡에요?"

"네. 그래서 너무 바쁘다고 하더라고요."

"정확하게 대룡 어딘지는 모르시고요?"

고개를 흔드는 박영희.

노형진은 조용히 침묵을 지키다가 조심스럽게 물었다.

"그러면 특징 같은 건 없었나요?"

"제가 만난 적이 없어서 뭐라고 말씀드리기가 참 애매한데……."

고민하던 그녀가 뭔가 생각난 듯 손바닥을 쳤다.

"차가 좋았어요. 그 뭐지? 독일산 수입 차?"

"벤티?"

"아, 네. 벤티였어요. 승혜를 태우러 왔을 때 한번 봤어요."

"크기가 얼마나 되던가요? 혹시 여기서 모델을 골라 주실 수 있으세요?"

노형진은 혹시나 하는 생각에 핸드폰에서 카탈로그를 찾아서 내밀었고, 박영희는 안경을 고쳐 쓰면서 그걸 몇 번 뒤적이더니 뭔가를 콕 집었다.

"이거예요. 분명 이거 맞아요."

"이거라고요?"

"네, 확실해요."

'확실하다고? 장난해?'

그녀가 확실하다 지정한 차량은 벤티에서도 최고가 라인으로 지금 가격이 대략 1억 8천만 원쯤 한다.

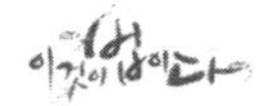

물론 풀 옵션 기준이기는 하지만, 그렇다고 해도 평범한 직장인이 끌고 다니기에는 무리가 있다.

'더군다나 대룡에 다니면서 이런 걸 끈다고?'

대룡이 아무리 잘나가도 그 정도로 월급을 많이 주는 건 아니다.

더군다나 사회생활이라는 걸 하려면 자신이 끌고 다니는 차에도 신경을 쓰는 게 보통이다. 여유가 있어서 벤티를 산다고 해도 회사 상관의 눈치가 있어서 소형 모델을 사기 때문이다. 그런데 이런 초대형 모델을 끌고 다녔다고?

'이런 건 사장님들이나 타는데?'

그러니 여러모로 말이 안 되는 상황이기는 하다.

"혹시 그 사람에 대해 뭐든 기억나는 거 없습니까?"

"아까도 말씀드렸지만 제가 본 적이 없어서요."

"서승혜 씨가 말해 준 것도 상관없습니다. 친하셨다면서요?"

"친했지요."

"일단 드시면서 천천히 생각해 보세요."

노형진은 서두르지 않았다.

어차피 시간이 지나면 자연스럽게 생각날 일이니까.

그래서 고기를 먹여 가면서 느긋한 분위기를 만들었다.

한편 옆에서 오광훈과 백자연은 소를 거의 한 마리는 잡아먹을 기세로 흡입하고 있었다.

"캬! 업진살 진짜 살살 녹는다."

노형진은 감탄을 연발하는 오광훈을 바라보다가 한숨을 푹 내쉬었다.

"이게 뭔 검사라고, 하아."

"내가 뭐 어때서?"

머리를 숙인 채 고기를 흡입하던 오광훈이 불만스레 노형진을 쳐다보았다. 노형진은 그런 그를 보며 고기를 곁눈질했다.

"야, 이거 네가 내야 하는 거 알지?"

"엉?"

"뇌물 관련 법이 생겼잖아. 당연히 네가 내야지."

"아, 갑자기 배부르네."

"잘하는 짓이다."

티격태격하는 노형진과 오광훈을 바라보고 있던 박영희가 갑자기 뭔가 생각난 듯 입을 열었다.

"아, 맞다! 하나 생각나는 게 있어요. 이게 중요한 건 아닌데."

"뭡니까?"

"남자 친구의 친구가, 질이 별로 안 좋아 보였다고 했어요."

"친구가 질이 별로 안 좋아 보였다고요?"

"네. 퇴근하고 남자 친구랑 같이 저녁을 먹고 나오다가 우연히 만났는데 입이 더러웠다고……. 일단 양복을 입고 있기는 했다는데…….”

“흠…….”

충분히 미심쩍을 수 있는 부분이다.

대룡의 직원쯤 되면 기본적인 사회의 상식은 알고 있기 마련이다. 그런 사람의 친구가, 친구의 여자 친구 앞에서 무식한 짓을 하지는 않는다.

‘그래도 그것 가지고는 애매하기는 한데.’

노형진이 고민하는 그때, 박영희는 자신도 모르게 결정적인 말을 꺼냈다.

“그리고 한번 갈 테니까 준비해 두라고 했대요.”

“간다고요?”

“네. 그게 뭔 소리인지는 몰라요. 그냥 한번 간다고 그랬다고 하더라고요. 뭐, 승혜는 회사에 한번 오겠다는 뜻 아닐까 했지만…….”

노형진은 말이 안 된다는 생각이 들었다.

현실적으로 대룡에 놀러 갈 사람은 없으니까.

친구라고 해도 대룡에 놀러 갈 리는 없다. 회사 동료라면 더더욱 그럴 테고 말이다.

‘간다? 간다고? 이거 진짜 말이 안 되는데?’

노형진이 이해하지 못하고 머리를 굴리는 와중에 옆에 있던 오광훈이 그를 툭 쳤다.

“왜?”

"나가서 담배나 피우자."

"담배?"

노형진은 담배를 피우지 않는다.

그리고 오광훈은 그 사실을 안다.

노형진은 혹시나 하는 생각에 오광훈을 따라 바깥으로 나왔다.

아니나 다를까, 그런 그에게 오광훈이 조용히 말했다.

"아무래도 안쪽에서는 듣는 귀가 있어서 말 못 했는데……."

"너 생각나는 게 있구나?"

"룸 같은데."

"룸? 뭔 룸?"

"룸이 룸이지 뭔 룸이야? 남자가 다른 남자한테 한번 놀러 갈 테니까 준비해 두라고 하는 걸 보면 뻔한 거 아냐?"

"뻔한 건가?"

"음…… 넌 잘 모르겠지만 뻔한 거야."

사실 남자끼리 은밀하게 간다고 표현하는 곳은 그다지 많지 않다.

집에 놀러 간다고 하면 집에 한번 간다고 하지 그냥 덮어놓고 간다고 하지는 않는다.

"룸이라고?"

"그래. 룸에 다니는 놈들 중에 좋은 놈이 얼마나 있겠니?"

"흠……."

노형진은 머릿속으로 많은 가능성을 따지기 시작했다.

분명 가능성은 존재한다.

그것도 아주 높은 가능성이다.

여자이고 성인이며 돈을 쉽게 벌고 싶다면 룸이라는 공간은 확실히 매력적인 곳이다.

"하지만 그러면 박영희 씨의 말하고는 안 맞는데?"

그런 거라면 당연히 박영희가, 서승혜는 그런 삶에 부정적이었다고 이야기해야 한다.

하지만 박영희는 그렇게 이야기하지 않았다.

"확실히 그런 곳에 가면 창피해서 연락을 안 하게 될 수도 있지만……."

그렇다고 해서 아예 가족들과도 연락을 끊는 사람이 얼마나 될까?

"내 추측대로라면 같이 사라지는 것도 말이 돼."

"같이 사라진 사람들?"

"그래. 강제로 끌고 간다면 말이지."

오광훈의 말에 노형진의 목소리가 낮아졌다.

"너 지금 이게 강제로 벌어진 일이라고 생각하는 거야?"

"충분히 가능성이 있지. 우리나라에서 인신매매가 얼마나 심한지 모르는구나."

"대충은 알지만……."

노형진은 진지하게 말했다.

만일 오광훈의 예상이 맞는다면 몇 가지 논리적 허점이 생긴다. 일단 그 부분은 확실하게 넘어가야 한다.

"그러면 박영희는 왜 안 데려간 거야? 강제로 끌고 간다면 같이 데리고 가야 하는 거 아냐?"

"업자의 입장에서 말하면, 박영희는 안 팔려."

"안 팔린다고?"

"그래. 너 그 안경 봤냐? 두꺼운 똥글뱅이 안경이라니. 룸에서 안경 쓰는 애들을 안 쓰는 건 철칙이야."

하긴 일반 안경도 아니고 박영희의 안경은 진짜 만화에나 나올 정도로 도수가 높은 안경이었다.

원래 눈이 안 좋아서 어려서부터 쓰고 다녔다고 했다.

말로는 안경이 없으면 거의 장님 수준이라나?

"그런 애들은 룸에서 안 팔려. 수술해 주고 싶어도, 저런 정도면 수술로 해결이 될지 안 될지도 모르고. 그리고 내 예상대로 강제로 끌고 간 거라면 안경은 치명적이야. 안경이 깨지거나 부러지거나 할 때마다 새로 맞춰야 하는데 거기서 도와 달라고 소리를 지르면 어떻게 되겠냐?"

"그 말은 강제로 감금하고 있다는 거야?"

"그럴 가능성이 높지."

그러면 상황은 점점 더 심각해진다.

강제로 감금하고 있다면 인신매매라는 소리이니까.

"하지만 여전히 이해가 안 가는 게 있는데. 룸이라는 곳은 결국 사람을 만나는 공간이잖아. 그런데 도와 달라는 소리를 못 한다고?"

미성년자도 아닌 만큼 손님 중에 누군가에게 도와 달라고 하면 바로 그날 저녁에 경찰이 들이닥칠 수도 있다.

아무리 경찰이 썩었다지만 인신매매는 이야기가 다르다.

진짜 수뇌부가 우동 사리로 뇌를 바꿔 끼우지 않았다면 당연히 구출 작전을 해야 한다.

"그게 문제인데……."

오광훈은 목소리를 더더욱 낮췄다.

혹시나 주변에 자신들을 보는 놈들이 있을지도 모른다는 표정으로 말이다.

"이게 심각한 문제인데 말이지, 약을 쓰는 곳들이 있어."

"약? 손님들한테 물뽕을 먹인단 말이야?"

이미 그런 술집은 한번 잡아 봤다.

확실히 그런 범죄에 연관되어 있으면 여자의 입장에서는 고발이 힘들 수도 있다.

그러나 오광훈의 말은 생각과 다르게 더 심각했다.

"손님이 아니라 여자한테 약을 쓰는 새끼들이 있어."

"뭐? 여자한테? 아니, 왜? 아니다, 뻔하네."

여기서 말하는 약이 비타민이나 영양제는 아닐 것이다.

당연히 마약일 테고, 그 마약에 취하면 사람들은 절대로 벗어나지 못한다.

"한국에서도 몇 번이나 있었던 일이야."

한국뿐이 아니다.

미국이나 유럽 등지, 심지어 일본이나 중국에서도 있었던 일이다.

여성 종업원을 마약에 중독시켜서 탈출하지 못하게 하고 그녀가 벌어들이는 모든 돈을 조직에서 빼앗는 것이다.

"일반적인 여자라면 벗어날 수가 없지."

마약에 중독되면 극단적인 금단증상이 일어난다.

그런 상황에서 탈출은 꿈도 못 꾼다.

도움 요청? 그게 가능할 리가 없다.

그렇게 되면 마약을 못 하게 되니까.

"너 지금 그 말, 진지하게 하는 거야?"

"내가 그 바닥에 대해 장난으로 말한 적 있냐? 최소한 이런 문제에 대해서는 나도 장난 안 친다."

노형진은 이를 빠드득 갈았다.

이건 진짜 생각도 못 하게 일이 커졌다.

짐승 그 이하의 놈들

마약으로 여자를 중독시켜서 일을 하게 하는 곳들은 사실 거의 없다.

물론 돈을 더 빼앗을 수 있다는 점에서 군침이 나오는 것은 사실이지만, 일단 마약중독은 상황이 점점 심해진다는 게 문제다.

"만일 그게 사실이라면 분명 살인을 하는 놈들도 있을 거야."

오광훈은 당연하다는 듯 말했다.

"확실해?"

"확실해. 너도 알잖아? 마약이 인간을 얼마나 망가트리는지."

"그건 그렇지."

처음에는 단순히 환각을 보여 주면서 기분을 좋게 만들어 주지만 결국 인간의 몸을 파괴하는 게 마약이다.

실제로 인터넷에서 찾아보면 마약중독 전과 후의 모습을 비교해 둔 사진이 많은데, 그런 사진을 보면 결코 좋다고 말할 수는 없다.

아무리 미인이었다 해도 마약중독으로 몇 년만 지나면 해골과 가죽만 남게 된다.

당연하다.

먹고 마시고 하는 돈마저도 마약에 쓰기 때문이다.

"물론 그놈들이 먹고 마시는 걸 통제하니까 그렇게 바로 망가지지는 않겠지만."

"그건 그래. 그리고 마약중독은 점점 더 많은 약이 필요하게 되지."

원래 0.1그램이면 약 효과를 볼 수 있지만 중독이 심해지면 0.2그램이 필요해진다.

그게 점점 더 심해지면 0.3그램, 0.4그램 같은 식으로 계속 늘어난다.

"그리고 그쯤 되면 사람은 완전히 폐인이 되지."

마약중독의 초창기에는 대부분 멀쩡해 보인다.

도리어 활기차고 쾌활하게 보여서 많은 사람들이 멀쩡하다고 생각한다.

하지만 나중에는 결코 그렇게 보이지 않다.

말 그대로 바짝 말라서 오로지 마약만 갈구하게 되는 것이다.

"그리고 그때쯤 되면 대부분 그걸 못 알아보는 게 이상한 거고."

오광훈은 진지한 얼굴로 말했다.

그런 폐해를 알기에 그는 조폭 노릇을 할 때도 절대 마약은 유통하게 하지 않았다.

"그러면 네가 봐서는 마약을 이용해서 여자들을 잡고 있다는 거지?"

"아마도? 그럴 가능성이 높지. 현실적으로 그렇지 않다면 그들이 떠나지 않는다는 건 말이 안 되니까."

진지한 얼굴로 말하는 오광훈.

그는 이 모든 것을 알고 있었기에 그의 말에는 장난기라고는 없었다.

"이 세상에 자기가 좋아서 술집에 나가는 여자는 없어. 그것도 2차 술집은."

술이 좋아서 간다?

그건 말도 안 되는 소리다.

술이 아무리 좋아도 그곳에서 만나는 건 진상 중의 개진상들이다.

같이 하하 호호 술을 마시는 게 아니라 온갖 진상 짓을 하면서 여자들을 희롱하는 놈들이다.

"그럴 때 여자들에게 제공되는 건 두 개야. 하나는 돈, 다른 하나는 마약."

전자라면 여자들도 어느 정도 수긍하고 들어오는 경우가 많다.

눈 딱 감고 단시간 내에 돈을 벌어서 이 바닥에서 벗어나려 하는 경우가 대부분이다.

"하지만 대부분은 못 벗어나."

버는 만큼 씀씀이도 커지니까.

그래서 계속 벗어나지 못한다.

"애초에 그렇게 유도하는 게 꾼들이고."

단순히 술집에서 일한다고 돈을 안 쓸까?

그렇지 않다. 일단 술집에서 일하려면 미용실에서 머리하고 화장해야 한다.

쉽게 말해서 연예인처럼 매일같이 거래하는 미용실에 가서 모든 걸 준비해야 한다는 거다. 그것만 해도 수백만 원이다.

"그리고 틈틈이 좋은 거, 명품 사러 가자고 하면서 꼬시지."

진짜 독하지 않으면 그곳에서 코가 꿰여 명품 한두 개쯤 사기 마련이다.

보통 명품 하나에 300만 원 정도 한다고 생각하면, 여자들이 한 일주일 정도 일하면 살 수 있다고 꼬시는 거다.

"그렇게 돈 쓰는 맛을 알려 주면서 못 가게 막는 거지."

"흠……."

"하지만 그게 안 먹히는 애들이 있어."

진짜 다급해서 온 사람들, 절박해서 온 사람들.

그런 애들에게는 그게 안 먹힌다.

그들의 어깨에 얹혀 있는 책임감이 그런 걸 못 하게 막기 때문이다.

"가령 내가 아는 애 중에는 동생 둘이 다 장애를 지니고 태어난 애가 있었지."

정신지체 장애였고, 부모가 죽으면 동생들을 케어할 수 있는 건 자신뿐이었기에 어쩔 수 없이 그 바닥으로 몰린 것이었다.

은퇴하기 전에 최대한 돈을 벌어 놔야 그 두 아이의 미래를 준비하니까.

"그나마 양심적인 놈들이라면 그런 애들은 터치 안 하거든. 그런데 너도 알다시피 이 바닥, 아니 이제는 그 바닥이라고 표현해야겠구나. 그 바닥에서는 양심 찾는 놈이 병신 아니냐?"

"그럴 때 쓰는 게 마약이다?"

"그래."

처음에는 그냥 약하게 시작한다.

대마초라든가 하는 식으로 담배처럼 피워 보게 하거나 손님으로 가장한 놈이 룸에서 피우거나 한다.

"대마초는 연기만 맡아도 효과가 발휘되니까."

그리고 손님이 있는데 룸에서 나가는 것은 금기다.

애초에 담배처럼 보이기에 대부분은 잘 모르는 것도 사실이고.

"그러다가 중독되기 시작하는 거지."

처음에는 대마초, 그다음은 필로폰, 그다음은 합성 마약으로 말이다.

"그런데 왜 말을 안 한 거야?"

"그거 벌써 쌍팔년도 방법이라고. 상식적으로 그게 먹히겠냐? 나도 이거 다 아버지뻘 되는 형님들한테 썰로 들은 거야. 요즘 그런 미친 짓을 하는 놈은 없어."

일단 요즘은 까딱 잘못하면 신고가 들어가서 다 잡혀 들어간다.

아무리 술을 팔고 몸을 파는 여자라고 해도 마약에 대한 경계심이 없는 건 아니기 때문이다.

"더군다나 요즘 술집은 대부분 다 출퇴근을 하게 되어 있다고. 요즘 누가 합숙을 시키냐?"

여성 단체들은 아직도 대부분의 여자들이 강제로 몸을 판다고 생각하지만, 현실적으로 돈 때문에 어쩔 수 없이 파는 경우는 있어도 강제로 납치 감금되어서 성매매를 하는 경우는 거의 없다.

사실 그럴 필요가 없다.

자본주의가 극심해지면서 자발적으로 오는 여자들이 제법 늘었으니까.

"당연히 마약중독 증세를 보이면 가족들부터 난리가 난다."

아무리 잘 감춘다고 해도 갑자기 마약 금단증상이 오면 가족들이 이상하게 생각할 수도 있다.

"그리고 마약이라고 어디서 간단한 검사만 해도 죄다 걸리는 시대야."

그러니 마약으로 사람을 붙잡아 두는 경우는 없었다.

지금까지는 말이다.

"하지만 고아라면 이야기가 달라지지."

오광훈도 그 부분은 생각하지 못했다.

사실 드라마에서 소재로나 자주 쓰이지 주변에서 진짜 고아를 만나는 것은 쉽지 않다.

한국 사회는 여전히 고아에 대해 색안경을 끼고 바라보기 때문에 그들에 대한 편견이 있는 편이라서 대부분의 고아들은 자신들의 신분을 드러내려고 하지 않고 말이다.

"하지만 고아라고 하면 가족에게 걸릴 일도 없으니까."

"마약을 주사해도 상관없다 이거군."

"아까도 말했지만 대마도 아니고 필로폰 단계로 넘어가면

자의로 끊는 건 거의 불가능해. 우리 형님이 하신 말씀이 있지, 담배를 끊는 놈들은 상종도 못 할 정도로 독한 놈들이라는. 그런데 필로폰은 그것보다 한 백배쯤 힘들어."

담배야 입이 궁금하고 그냥 계속 생각이 나고 그래서 집중이 안 되는 정도이겠지만, 필로폰은 온몸에 경련이 일어날 정도로 발작이 온다.

당연히 그 과정에 통증은 기본이다.

정확하게는 통증이 있다고 몸이 착각하는 것이다.

필로폰에 중독되면 그게 정상이라고 생각하니까.

"그리고 그 단계까지 가면 술집에서도 못 써."

누군가 이상하다고 생각하면 그때부터 일이 심각해지기 때문이다.

룸에 들어왔는데 눈이 퀭하고 제대로 된 눈빛이 안 보이는 수준이면 그때는 누군가 알아볼 수도 있는 일이다.

"보통은 룸에서 제보를 하지는 않지만, 그렇다고 해도 최소한의 확률을 무시할 수는 없는 노릇이거든."

한참을 주의해서 듣던 노형진의 표정이 어두워졌다.

마약중독이 심해져서 제대로 일상생활도 불가능해진 사람들은 어떻게 될까?

"네가 아까 쌍팔년도 사건이라고 했지?"

물론 진짜 1988년도 사건이라는 소리는 아니다.

애초에 쌍팔년도는 단군을 기원으로 계산하는 연도인 단

기 4288년이다.

그걸 서기로 바꾸면 1955년이다.

그때 이런 사건이 있었을 것 같지는 않다. 다만 그렇게 오래되었다는 의미다.

"설마 그와 관련된 게 인신매매였냐?"

"맞아. 형님이 그때 새끼 조폭이라 그 꼴을 많이 봤다고 하더라."

고개를 끄덕거리는 오광훈.

"형님이 그러더라, 군사정권에서 그나마 잘한 것 중 하나가 범죄와의 전쟁이었다고. 그 전에는 얼마나 개판인지, 답이 안 보였다고."

"너희 형님도 조폭이었잖아?"

"그래, 조폭이었지. 내가 말했잖아, 내 모든 건 그분한테서 배웠다고. 하여간 그때 조폭은 말이 조폭이지 거의 반군에 가까웠으니까."

그냥 지나가다가 괜찮아 보이는 여자가 있으면 옆에 봉고를 세우고 강제로 끌고 가던 시절.

그럼에도 불구하고 제대로 수사도 되지 않고 부패한 경찰이 하도 많아서, 알면서도 절대 구해 주지 않던 때가 그 시절이었다.

그래서 그때는 옆에 차가 서면 여자들은 일단 비명을 지르면서 도망가야 했다.

"그리고 그때는 마약이 흔하던 시절이니까."

"하긴."

사람들이 잘 모르는 것 중 하나가 한때 한국이 아시아에서 마약의 중심이었다는 거다.

쉬쉬하면서 감췄을 뿐이지, 그 당시만 해도 진짜 동아시아의 모든 마약은 한국을 통한다는 말이 있었다.

중국은 아예 교류가 없었지만 일본은 경제 호황기였다.

그래서 마약의 수급이 필요했는데, 그 당시의 한국은 그런 일본에 마약을 공급하면서 범죄 조직이 엄청나게 커졌다.

범죄와의 전쟁이 단순히 정치적 문제로 시작되긴 했으나 한국의 치안 문제를 최소한 20년은 더 빨리 해결한 건 사실이다.

아마 그러지 않았다면, 경찰이나 검찰의 부패 상태를 생각하면 한국은 여전히 전국구 폭력 조직이 활개 치는 나라가 되었을 것이다.

"그렇게 납치된 여자들의 입을 어떻게 막겠냐? 애초에 그 여자들을 끌고 온 목적이 뭔데."

대부분의 경우 목적은 술집에서 써먹기 위해서였다. 아니면 일본으로 밀항시켜서 거기서 팔아먹거나.

실제로 술집에서 쪽지로 구해 달라는 부탁을 받고 경찰이 그곳을 급습하던 사건이 제법 많았던 시기이기도 했다.

"그게 마약이구나."

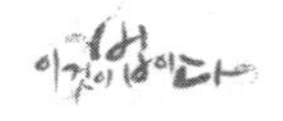

"그래, 마약이지."

납치하는 순간에는 그 여자가 기혼인지 미혼인지 알 수가 없다.

그런데 결혼한 여자, 특히 아이가 있는 여자들은 두들겨 패거나 고문하거나 뭔 짓을 해도 돌아가려고 한다.

모성은 폭력보다 강하니까.

설사 돌아간 후 비참한 꼴을 당하면서 이혼당한다고 해도, 아이에 대한 애정을 꺾을 수는 없다.

"하지만 마약은 그 모성애마저 꺾을 수 있지."

노형진은 그 말을 들으면서 눈을 찌푸렸다.

이건 생각보다 일이 커지는 느낌이었으니까.

"그런데 그런 놈이 생겼다고 생각하는 거지?"

"맞아. 우연치고는 너무 공교롭잖아. 거기에다 아까도 말했지만 고아라고 하면 가족에게서 절대적으로 격리되어 있으니까."

결과적으로 그들을 보호할 수 없다는 소리다.

"그러면 네가 아까 말한 건?"

"처분이지. 마약에 중독되어서 더 이상 일을 못 하게 되면 그때는 처분시키는 거야."

어차피 인신매매를 저지른 순간부터 인간이기를 포기한 놈들이다.

그들에게 한 사람의 생명이 얼마나 가치가 있을까?

사람들은 사람을 죽이는 게 지극히 힘든 일이라고 생각한다.

하지만 그건 사람에 따라 다르다.

태생적으로 선한 사람이나 평범한 사람들은 전쟁터에서 적을 죽이는 것만으로도 PTSD가 생겨서 평생을 괴로워하지만, 어떤 놈들은 사람을 죽여 보니 별 느낌이 없어서 그게 별거 아니라고 생각한다.

가령 신안에서 장애인들을 노예로 쓰는 염전의 주인들이 그런 놈들이다.

실제로 신안의 산에 가면 무연고 묘가 무척이나 많다.

그런 곳에서 일하던 사람들이 죽으면 그냥 묻어 버렸기 때문이다.

노형진이 그 사실을 알고 대대적으로 경찰에 신고했을 때, 그래서 김성식의 동생을 구했을 때, 신안의 바다에서는 신원미상의 시신이 그렇게 많이 떠올랐다고 한다.

특이한 점은 목이 잘리고 손이 잘린 시신들이 제법 많았다는 거다.

경찰은 노예로 쓰던 사람들이 죽은 거라 의심했지만 추적할 방법이 없었다.

바다에 CCTV가 없는 건 당연하고, 신안 지역이 하나의 공동체라서 그런 걸 증언해 줄 사람이 없었기 때문이다.

애초에 그 지역은 판사까지 한통속인 것도 문제였다.

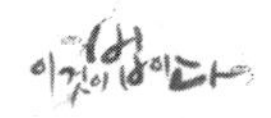

그래서 그렇게 사람을 납치해서 노예로 쓰던 놈들 중에 제대로 처벌받은 사람은 한 명도 없었다.

하물며 일반 사람도 태연히 그런 일을 저지르는 마당에, 사람을 고문하고 죽이는 데에 쾌락을 느끼는 이근안 같은 놈들은 사이코패스 범죄자가 되는 거다.

"그리고 사람을 납치해서 마약을 쓰기 시작한 순간부터 일단 그놈은 사이코패스라는 거지."

오광훈의 말을 듣던 노형진은 침을 꿀꺽 삼켰다.

"문제는 그놈에 대해 아는 게 없다는 거야."

오광훈은 막다른 길에 도달했다고 느끼는 듯했다.

"아니, 우리는 그놈에 대해 알아."

"응? 하지만 영희 씨는 아는 게 없다고 했잖아."

"영희 씨는 모르지. 하지만 기억나? 영희 씨가 그랬잖아, 서승혜 씨가 퇴근하고 남자 친구와 같이 있을 때 친구로 보이는 사람이 와서 '한번 간다'고 말했다고."

"그랬지."

그게 오광훈이 의심하게 된 결정적 증거가 되었으니까.

"그 말은, 누군가는 서승혜 씨를 봤다는 거지."

"당연한 거 아냐? 그러니까 그런 말이 나왔겠지."

"그 부분에 정보가 있어. 저녁을 먹고 나오다가 만났다고 했잖아."

"응?"

"식당에 갔다는 거지."

노형진은 차분하게 말했다.

"별거 아닌 듯한 이야기에도 많은 정보가 담기기 마련이거든."

퇴근 이후에 남자 친구를 만나서 저녁을 먹고 나오다가 그 사람을 만났다.

그 말은 그 식당이 회사 근처라는 걸 의미한다.

박영희의 말로는 그날은 멀쩡하게 들어왔다고 했고, 그건 멀리 가지 않았다는 소리니까.

"박영희 씨가 그랬잖아, 차를 봤다고. 그러면 차를 타고 이동하기 쉽겠지. 사람들이 데이트를 할 때 보통 어떤 과정을 거치는지 생각해 보면 답은 나오지."

일단 연애 초반은 남자가 여자에게 맞춰 주는 형태로 관계가 이루어진다.

직장이 같다면 모르지만, 다르다면 남자가 여자가 있는 지역으로 이동하는 것이 연애 초반의 일반적인 패턴이다.

더군다나 서승혜는 차가 없다.

그에 반해 그녀의 남자 친구는 차가 있다는 증언이 있다.

"그렇다면 당연히 남자가 여자 쪽으로 움직이겠지. 물론 연애 중반까지 가면 뭐 중간에서 만나고 그럴 수도 있겠지만."

하지만 현재 상황을 봐서는 이건 범죄로 의심되지 연애로 보이지는 않는다. 즉, 연인 관계일 수가 없다.

"아, 그래?"

"'아, 그래?'라니. 당연히…… 아니다. 네가 멀쩡한 데이트를 해 봤을 리가 없지."

어찌 되었건 그런 경우에 여자가 있는 곳으로 간다. 그리고 그곳에서 식당으로 향한다.

"일단 서승혜 씨와 박영희 씨가 일하던 곳은 이곳이야."

노형진은 인터넷을 열고 지도를 확인했다.

"전형적인 공장 지대지. 이런 곳은 데이트 코스로 삼을 수가 없어. 대부분 공장에 맞는 식당가거든."

김치찌개나 짜장면, 설렁탕 같은 메뉴를 파는 곳들.

익숙한 커플이라면 자연스럽게 이런 곳에서 먹겠지만 익숙하지 않은 커플, 특히 초기 커플이면 조금 더 고급스러운 곳에 가기 마련이다.

더군다나 좋은 차를 가지고 있는 사람이 연애 초기에 짜장면이나 설렁탕을 먹으러 다닐까?

"그리고 다른 정보. 그 사람은 양복을 입고 있었다. 그렇다면 양복을 입는 사람들이 다니는 직장이 근처에 있다는 거지."

그런데 그 공장 주변은 다 공장뿐이다.

그러니 대부분 편하게 옷을 입지 양복을 입고 다니지는 않는다.

"하지만 그래도 몇몇은 입잖아?"

공장에서 일반 업무를 하는 사람들이야 작업복을 선호한다지만, 그렇다고 해서 사무를 보는 사람이 전혀 없는 것은 아니다.

그러니 그들이 양복을 입고 출퇴근할 수도 있다.

"그래, 그 부분에서 너의 예상이 나오지."

오광훈은 그 말을 듣고 룸살롱이라는 사실을 예측했다.

"공장에서는 그런 술집에 갈 일이 없지."

"하긴."

그런 곳은 대부분 돈이 있는 사람들이 가거나 접대를 위해 가기 마련이다.

"직업을 차별하는 건 아니지만, 공장 지대에서 일하는 사람들이 그렇게 돈을 많이 번다고 보기는 힘들지."

하물며 사무직을 하는 사람들도 그만한 돈을 벌기 힘들다.

그 말은 그들은 회사 내부에서도 상당히 높은 직급을 가지고 있거나 상당히 많이 번다는 소리다.

"그리고 한번 간다고 했다는 건, 접대는 아니라는 소리야."

자기들끼리 돈을 내고 간다.

그게 노형진의 예상이었다.

그러면 그 정도의 돈이 풀릴 만한 곳은 어딜까?

"여기지."

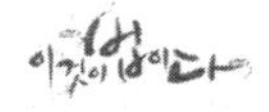

공장 지대에서 대략 7킬로미터 떨어진 곳, 남하IT센터.

"이곳은 새로운 IT 기업들이 많지. 그리고 그중에는 돈을 제법 짭짤하게 버는 곳도 있고."

"IT가 그렇게 많이 버나?"

"많이 벌지. 단, 사장만."

"응? 사장만?"

"그래. 웃기지만 인력을 대표적으로 갈아 먹는 게 바로 IT 기업들이야."

IT 기업들의 현실은 야근이라는 한 단어로 표현할 수 있다.

그렇다 보니 대부분의 IT 근무자들은 워낙 야근이 많아 최대한 편한 복장을 하려고 한다.

"그런 상황에서 데이트를 할 정도의 식당에 와서 저녁을 먹는 IT 기업의 직원이라면, 사장 아니겠어?"

"헐."

사장이라면 야근에서도 자유롭고, 먹는 것도 자유롭다.

"그것도 아주 경기가 좋은 사장."

그런 곳을 찾아서 뒤진다면 과연 안 나올까?

"그곳에 있는 IT 기업 중에서 찾아내는 게 어려울까?"

"그다지 어렵지 않겠네."

"그렇지. 검사라는 이름만 팔 수 있다면 말이야."

현실적으로 수사권이 없는 노형진과 새론이 수사, 아니 조사를 하려면 오광훈의 도움이 절대적으로 필요하다.

"일단 그곳을 한번 뒤져 보자고."

⚖

"뭐? 얼마나 있겠냐고?"

"씨발."

그다지 많지 않을 거라 생각했다.

하지만 생각보다 많았다.

아니, 아주 많았다.

"뭔 놈의 기업이 이백 개가 넘냐?"

작은 곳들은 그렇다고 해도 큰 곳 또한 생각보다 많았다.

IT 기업이라고 해도 규모만 보고 판단할 수가 없었다.

규모는 작아도 수익은 어마어마한 곳도 있는 반면 규모에 비해 수익이 개털인 곳도 있었던 것이다.

"아…… 내 실수다."

노형진은 일반 기업을 기준으로 판단한 것이었지만, IT 기업의 경우 꼭 필요한 소수가 만들어서 운영해도 충분하지만 개개인당 수익이 낮아져도 관리원이 다수 필요한 부분도 있었다.

그러니 규모만 보고 판단하는 건 절대 쉬운 일이 아니었다.

"그러면 차라리 다른 사람에게 물어보는 게 어때?"

"다른 사람? 누구?"

노형진의 질문에 오광훈이 씩 웃으며 말했다.

"넌 가끔 머리를 너무 써서 기본을 잊어버리더라."

그렇게 말하면서 오광훈은 손을 들어서 한쪽을 가리켰다.

"누구겠냐? 당연히 커플이지."

⚖

"우리 커플 아닌데요."

딱 잡아떼는 커플처럼 보이는 사람들에게 오광훈이 실실 웃으며 말했다.

"그런 분들이 이 시간에 같이 나와서 아이스크림 하나씩 들고 있을 이유가 없지요, 커피라면 모를까."

"크흠……."

"사내 연애 여부에 대해서는 저는 관심 없고요, 그냥 한 가지만 알려 주시면 됩니다. 이 근처에서 데이트할 만한 식당이 어디입니까?"

"데이트요?"

노형진은 오광훈을 새롭다는 시선을 바라보았다.

설마 오광훈이 이 정도로 머리를 쓸 줄은 몰랐으니까.

말 그대로 장족의 발전이었다.

"네, 데이트하기도 좋고 사장님들도 좋아할 만한 식당요."
"사장님도 좋아할 만한 식당이라……."
남자는 잠깐 고민했다.
"일단 스파게티는 아니네. 남자들이 별로 안 좋아하니까."
"고깃집?"
"거긴 데이트하기는 그렇지 않아?"
"우리는 자주 가잖아."
"우리가 사귄 게 몇 년인데."
"아까는 커플 아니라면서요?"
"크흠."
시선을 돌리는 남자. 여자는 피식 웃더니 그를 쿡 찔렀다.
"그런 거라면 당연히 스테이크집이지."
남자들끼리 먹으러 가기도 좋고 스테이크, 아니 고기는 비건이 아니라면 싫어하지 않는다.
"아, 맞다! 한울이 있구나."
"한울?"
"이 지역 맛집이에요. 한식 전문점인데, 데이트 코스로 많이 가요. 사장님들도 따로 가는 모양이더라고요. 안쪽에 방도 따로 있고 그래서."
그런 곳은 사장들이 왔다 갔다 하면서 만날 수 있다고 한다.
실제로 접대용으로 많이 다니는 것도 사실이고 말이다.

이 지역에서는 데이트 맛집으로 제법 유명하다고 한다.

"물론 우리는 초반에만 갔지만."

"네가 날 거기 가자고 꼬실 때부터 알아봤다."

생각보다 가격이 비싼 곳이다 보니 보통은 잘 안 가는 모양이었다.

"보통은 사귀기 시작할 때 많이 가요."

"사귀기 시작할 때 간다라……."

노형진이 그 말을 곱씹고 있을 때 오광훈이 그의 옆구리를 쿡 찌르고는 나지막하게 말했다.

"기억나지, 명품 백?"

"아."

여자를 꼬실 때 가장 먼저 쓰는 방법이 바로 돈맛을 보게 하는 거라고 했다.

그렇다면 그런 식당에 다니는 것도 일종의 방법일 것이다.

"그곳이 어디죠?"

노형진은 눈을 반짝이며 물었다.

⚖

"글쎄요, 워낙 손님이 많아서."

손님이 한두 명도 아니고, 또 대부분은 방에서 자기들끼리 식사를 하다 보니 아무래도 직원들은 손님에 대해 기억을 잘

하지 못했다.

"여자분들은 별로 기억이 안 나네요."

직원은 머리를 긁적거렸다.

"그리고 여기에 사장님들이 제법 많이 와요."

그렇게 말하는 직원의 표정은 무척 애매했다.

하긴 그런 추상적인 부분으로 추적하는 건 불가능할 것이다.

서승혜의 사진이 있기는 하지만 현실적으로 잠깐 스치듯 지나간 손님일 뿐인 그녀를 기억하는 것은 쉬운 일도 아닐 테고 말이다.

"그러면 이곳에 있는 손님들에게 확인을 부탁해도 될까요?"

"음…… 그냥은 안 돼요. 허락을 받아야 하거든요."

다행히 날짜를 알고 있기에 노형진은 기억하고 있던 날짜를 알려 줬다. 직원은 그날 매출 기록을 보더니 반색했다.

"운이 좋으시네요. 그날에 온 손님들 중에 단골이 계세요. 지금도 오셨거든요."

"지금도?"

"일주일에 한 번은 오세요."

"아하!"

그런 사람이라면 알지도 모르는 일이다.

"하지만 그냥은 안 되고, 한번 물어는 볼게요."

"그러면 오광훈 검사가 부탁드린다고 해 주세요."

"네."

직원이 안으로 들어가자 오광훈은 노형진을 툭 쳤다.

"왜 날 팔아?"

"사업가들은 원래 그래. 검사랑 관계될 만한 일이 있으면 그 기회를 잡으려고 하지. 장담하는데, 내가 해 달라고 하면 무조건 거절당할걸."

재수 없으면 소송에 증인으로 불려 나갈 수도 있으니까.

하지만 검사는 나중에 어떻게 도움이 될지 모르기 때문에 노형진은 오광훈을 판 것이다.

잠시 후 직원이 다가와서 고개를 끄덕거렸다.

"다행히 동의해 주셨어요."

노형진은 고개를 숙여서 감사 인사를 건네고는 직원의 안내를 따라 안으로 들어갔다.

그곳에서는 세 사람이 마침 저녁을 먹고 있었다.

"오광훈 검사입니다. 이쪽은 저를 도와주시는 노형진 변호사입니다."

"반갑습니다. 저는 채치욱이라고 합니다."

세 사람은 인사를 하면서 명함을 건넸다.

오광훈도 노형진에게 미리 이야기를 들었기에 그들에게 명함을 건네면서 관계를 좋게 했다.

"사진을 보고 확인해 주었으면 하는 게 있다고요?"

"네. 혹시 이 아가씨 아십니까?"
오광훈은 그들에게 사진을 건넸다.
"실종 사건을 수사 중인데, 이쪽에서 최종 행적이 발견되어서요."
"최종 행적요?"
그들은 사진을 받아 유심을 살펴보았다.
그러더니 그중 두 사람이 고개를 흔들며 사진을 옆으로 넘겼다.
다만 마지막에 남은 채치욱은 그 사진을 알아보는 듯했다.
"이거 그 여자 같은데?"
"그 여자?"
"아, 자네들은 모르겠지. 이 사장이랑 같이 저녁 먹으러 왔을 때 본 여자야. 레드슈츠 최 실장이랑 같이 있더라고."
노형진의 귀가 번쩍 뜨였다.
"레드슈츠라고 하셨나요?"
"아, 네. 이 여자가 실종되었어요? 허, 그건 몰랐네. 그쪽 분위기가 영 안 좋겠는데."
"아니, 그 레드슈츠가 어떤 곳입니까?"
"아…… 그게, 술집이기는 한데…… 크험."
채치욱은 헛기침을 하면서 말을 흐렸다.
하긴 검사가 있는 곳에서 '나는 성매매 하러 다닙니다.'라고 말하기는 힘들 테니까.

“말씀해 주셔야 합니다. 사실 그 최 실장이라는 분이 범인으로 의심받고 있습니다. 만일 여기서 입을 다물었다가 그분이 범인이면 범인 은닉죄에 걸릴 수도 있습니다.”

“범인 은닉죄요?”

“네. 상황이 아주 좋지 않습니다.”

오광훈은 능숙하게 겁을 줬다.

그가 검사가 된 후에 가장 빨리 실력이 늘어난 스킬이 바로 이런 사기에 가까운 말을 능수능란하게 하는 것이었다.

원래 조폭 출신이라서 그런지 협박과 사실 사이에서 줄타기를 아주 능숙하게 해내는 게 바로 오광훈이었다.

“으음…….”

“저희가 정식으로 검찰에 소환하기를 원하시는 건 아니죠?”

채치욱은 손을 흔들었다.

“아니요. 그럴 리가요. 그냥 같이 저녁 먹는 걸 봤을 뿐입니다. 가끔 술집 직원들을 데리고 와서 좋은 데서 먹더라고요.”

“좋은 데요?”

“네. 여자가 자주 바뀌기에 다 룸의 직원인 줄 알았습니다.”

채치욱은 나름 소문난 미식가여서 제법 좋은 식당을 많이 알고 있는데, 그런 곳에 다니다가 최 실장을 본 적이 몇 번 있었다고 한다.

하지만 그 와중에도 같은 여자는 거의 없었기에 당연히 여자 친구가 아니라 술집 아가씨라고 생각했다는 거다.

'그러면 그때 한번 가겠다고 한 건 이 사람이겠군.'

만일 상대방 여성이 술집 아가씨가 아니라 여자 친구라고 생각했다면 그런 말은 하지 못했을 것이다.

하지만 그런 말을 했다는 것은 서승혜를 술집의 아가씨로 판단했다는 소리다.

"그 술집에 자주 가십니까?"

"으음…… 그게……."

눈을 데굴데굴 굴리는 채치욱.

하지만 이내 조심스럽게 입을 열어야 했다.

오광훈이 한 말 때문이었다.

"살인의 가능성도 있습니다, 사장님."

"하아, 알겠습니다. 제가 그러니까…… 접대 차원에서 가끔 갑니다."

"접대요?"

"네, 저희들도 먹고살아야 하니…… 아시죠?"

IT 기업의 가장 큰 손님 중 하나가 바로 정부다.

그리고 그 정부에 시스템을 공급하는 곳이 되기 위해서는 어쩔 수 없이 접대를 하는 것이 일종의 룰이었다.

"다른 곳은 안 가고 이곳만 갑니까?"

"어…… 다른 곳은 진상을 부리는 것에 대해 너무 예민하게 굴거든요. 이쪽은 뭐…… 뭘 해도 대부분 받아 주는 편이고. 제가 진상이라는 건 아닙니다. 그냥 접대 대상들이…… 아시죠?"

노형진은 고개를 끄덕거렸다.

접대받는 사람들은 보통 점점 진상으로 변하기 마련이다.

그들은 그곳에서 조용히 술만 마시고 나오는 걸 재미없다고 생각하기 때문이다.

"그렇군요."

채치욱은 떨떠름한 표정으로 말했다.

"그런데 그곳에서 일하는 사람이 아니라고 하면 딱히 이유가 없는데?"

"그건 기밀입니다. 다만 이 부분에 대해서는 비밀을 지켜 주실 수 있을까요?"

오광훈은 슬쩍 운을 떼며 말했다.

"아시겠지만 그쪽이 본격적인 수사 대상이 되면 손님들은 모두 소환할 수밖에 없습니다."

만일 그쪽에다가 정보를 흘린다면 관련된 사람들을 다 털어서 망하게 해 준다는 소리였다.

눈치 빠른 사장은 고개를 끄덕거렸다.

그런 그를 보면서 오광훈은 싱긋 웃었다.

"도움이 필요하시면 전화 한번 주십시오."

사장 일행을 두고 나온 오광훈은 노형진에게 목소리를 낮춰서 말했다.

"찾은 것 같지?"

"오케이. 찾았어."

인터넷에 찾아보니 레드슈츠라는 술집이 있었다.

규모도 무척이나 컸다. 건물이 4층인데 죄다 하나의 술집이었다.

"진짜 범인일까?"

오광훈은 핸드폰을 보면서 말했다. 하지만 노형진은 인터넷의 로드뷰에 찍혀 있는 사진만 뚫어지게 바라볼 뿐이었다.

⚖

"레드슈츠의 사장은 조종기라는 사람이야. 그런데 재산 내역이 거의 없네."

일단 특정이 되자 뒷조사는 어렵지 않았다.

그리고 조사 결과가 나왔을 때 노형진은 전형적이라는 말을 할 수밖에 없었다.

"바지 사장이야. 진짜 사장은 따로 있겠지. 그 실장이라는 놈이 운영했을 수 있고."

강남 한복판에서 이 정도 규모의 술집을 운영하려면 절대 호락호락하지는 않을 거다.

"아마도 그렇겠지."

어차피 바지 사장은 잡아 봐야 도움이 안 된다. 진짜로 운영하는 놈들을 잡아야 한다.

"현장에서 일단 수색하면서 털어 볼까?"

오광훈의 말에 노형진은 고개를 흔들었다.

"그건 멍청한 짓이야."

현실적으로 그곳에서 일하는 모든 사람들이 마약에 취해 있다고 볼 수도 없고, 다짜고짜 마약 검사를 할 법적인 권한도 없다.

"일단 그나마 다행인 건 연계된 다른 술집이 없다는 건데."

그 말은 만일 마약중독된 여성들을 성매매로 몰아붙인다 해도 레드슈츠에서만 벌어지고 있을 가능성이 높다는 걸 의미한다.

"그러면 전처럼 손님으로 가서?"

"그것도 별로 안 좋은 생각이야."

손님으로 가서 신분을 밝히면서 도움을 요청하면 꺼내 준다?

"그게 될 거라고 생각했다면 마약중독을 너무 만만하게 본 거라고."

그러려면 아가씨들 중 최소 한 명은 그들에게 이야기를 해 주어야 한다.

그러나 마약중독자에게 가장 끔찍한 일은 더 이상 마약을 구하지 못하게 되는 것이다.

"하긴, 마약중독자 놈들을 보면 답은 나와 있다고 해야 하나?"

오광훈도 고개를 끄덕거렸다.

아무리 자기 조직에서 마약을 유통하지 않았다고 해도 폭력 조직은 폭력 조직이다. 당연히 일반인에 비해 마약을 접하기 쉬운 것이 사실이었고, 그때마다 벌어지는 끔찍한 결말은 충분히 알고 있었다.

"심지어 마약에 취한 놈에게서 그 가족들을 빼내야 한 적도 있으니까."

조직 내에서 서로 형제라 하면서 지켜 준다 하지만 그건 어디까지나 멀쩡할 때의 이야기다.

만일 그놈이 마약에 취해서 정신 줄을 놔 버리면 오광훈은 가차 없이 그놈을 버리고 가족들을 빼돌릴 것이다.

"그러면 들어가서 단속해야 하나?"

노형진은 피식 웃었다.

"그러면 아주 난리가 나겠지. 청소하는 킬러도 있을 거라면서?"

"그렇지."

"우리는 공권력을 동원하지는 못해. 그러니까 처음 해야 하는 건 공권력을 동원하는 거야."

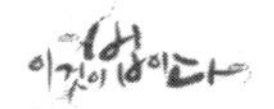

"하지만 무슨 수로? 네 말마따나 도무지 방법이 없는데."

오광훈은 눈을 찡그리며 물었다. 그러자 노형진이 의미심장한 미소를 띠었다.

"답은 네가 아까 말했다, 후후후."

⚖

"마…… 마약요?"

여자는 당혹감을 감추지 못해 눈을 데굴데굴 굴렸다.

레드슈츠 같은 술집에서 일하는 여자들은 매일같이 꾸며야 한다.

당연히 그건 혼자서 할 수 있는 게 아니기에 그 주변에는 필수적으로 미용실이 있다.

다른 곳보다는 좀 더 싸게 머리를 만져 주는 대신 거의 매일같이 오는, 그런 일종의 암묵적인 공생 관계다.

"네. 그래서 거기 직원들의 머리카락이 필요합니다만."

마약을 검사할 수 있는 가장 좋은 방법은 뭘까?

그건 다름 아닌 머리카락이다.

사람의 털은 생각보다 몸 안의 성분을 오래 보관한다.

그래서 모 연예 기획사는 아예 투석을 통해 몸 안의 마약을 지우기도 하지만 머리카락만은 어쩌지 못해 최대한 밀어 버린다.

실제로 마약 검사에 불려 나가는 마약중독자들은 머리카락뿐만 아니라 음모, 심지어 다리털과 눈썹까지 박박 밀고 간다.

그런 곳에서도 마약 성분이 나오기 때문이다.

"그게……."

미용실의 주인은 뭐라 답을 하지 못하고 망설였다.

이런 부탁은 처음이었기 때문이다.

그 모습을 보면서 오광훈은 혀를 내둘렀다.

"미용실이라니, 지금까지 룸을 털지 못해서 안달 난 검사 놈들을 한 방에 병신으로 만들어 버리네."

"원래 수사는 생각을 조금만 바꾸면 되는 거야."

원래 검사는 그에 상응하는 정보를 얻거나 증거를 얻어 영장을 받아서 해야 한다.

자발적으로 해 주지는 않을 테니까.

당연히 이런 술집에서 마약이 유통되는 걸 알아도 해당 정보가 전혀 없기 때문에 대부분의 검사들은 입맛만 다신다.

영장을 청구하고 싶어도 명확한 게 없으니까.

"하지만 머리카락은 정리하다 보면 당연히 빠지는 거고."

그에 대해서는 딱히 신경 쓰지 않는다.

특히 머리가 긴 경우 끝이 갈라지기 때문에 어쩔 수 없이 자르는데, 그건 엄밀하게 말하면 쓰레기다.

"그리고 쓰레기를 증거로 수집하는 것은 불법이 아니지."

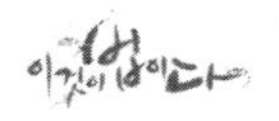

왜냐하면 '버린 물건'이니까.

강제로 빼앗는 것은 일종의 불법이지만 버려진 물건을 가지고 오는 것은 불법이 아닌 만큼, 버려진 머리카락을 조사한 결과는 합법으로 인정된다.

"아…… 그게……."

"도와주신다면 그 은혜는 잊지 않겠습니다."

노형진은 최대한 좋게 말하려고 했다.

하지만 미용실 주인은 영 탐탁지 않은 표정이었다.

'하긴 당연한 건가?'

마약과 관련이 있다는 것은 결국 폭력 조직과 관련이 있다는 소리니까.

마약은 절대 개인이 유통할 수 있는 물건이 아니다.

그런 자들과 밀접하게 관계하고 지내는 이런 미용실에서 그런 사실을 모를 리가 없으니 그 이후가 걱정되는 것이다.

"저희가 기밀은 최대한 유지해 드리지요."

"그…… 그래도, 미안해요. 안 될 것 같아요."

그리고 그런 쪽에 있는 사람들은 당연히 검찰이나 경찰을 믿지 않는다.

검찰이나 경찰의 보호 약속? 그런 걸 믿는 게 더 멍청한 거다.

"어이, 아줌마."

지금까지 뒤에서 지켜보던 오광훈이 앞으로 나섰다.

노형진은 가능하면 말로 하고 싶어 한다.

하지만 오광훈은? 협박이라는 건 이럴 때 쓰기 위해 있는 거라고 생각하는 사람이다.

그리고 이 순간 아주 강력한 협박을 할 수 있는 칼자루는 오광훈이 들고 있다.

"내가 있잖아, 검사거든."

"아…… 네……."

"내일부터 내가 여기에 출근 도장 찍어 볼까?"

"네?"

"여기 아가씨들 많이 오지? 레드슈츠 아가씨들만 오는 거 아니잖아. 그치?"

"그…… 그렇지요?"

찔끔한 표정이 되는 주인.

그런 그녀에게 오광훈은 제대로 먹힐 법한 협박을 했다.

"내가 여기에 다니는 아가씨들 따라다니면서 한 3주만 족쳐 볼까 하는데, 어떻게 생각해?"

사색이 되는 미용실 주인.

그럴 수밖에 없는 게, 그게 소문이 나면 미용실에 오는 사람은 없을 것이기 때문이다.

현실적으로 서울 한복판, 그것도 강남 제일 한복판에서 미용실을 운영하면서 돈을 버는 건 쉽지 않다.

특히나 이 지역은 일반인들이 오는 곳이 아니다.

“여기 가겟세는 그렇다고 치고 권리금은 얼마야? 3억? 4억? 아예 아가씨들을 고정으로 받고 있으니까 한 4억은 넘을 테고.”

오광훈은 히죽 웃었다.

“그거 날리고 여기서 나가 볼 텨?”

성매매에는 방조 처벌이 없다.

그래서 대부분은 이런 미용실을 어쩌지 못한다.

“장담하는데 내가 3주, 아니 1주만 애들 여기 데리고 와서 따라다니면서 족쳐도 권리금은 싹 날릴걸. 그러고 보니 원상 복구의 의무도 보통은 있자너? 이야, 보증금도 제법 날리것어?”

오광훈의 말에 미용실 주인은 다급하게 매달렸다.

“거…… 검사님, 그러지 마세요. 그러면 저희 다 죽어요.”

“그러니까 머리카락 조금만 구해 달라는 거잖아.”

“하지만 그러면 레드슈츠 놈들에게 다 죽어요. 그놈들이 어떤 놈들인데요.”

벌벌 떠는 주인의 모습을 보면서 노형진은 오광훈의 어깨를 툭 쳤다.

사람을 설득하는 가장 좋은 방법은 굿 캅 베드 캅 놀이다.

누군가 채찍질을 하면 누군가는 사탕을 주면 된다.

오광훈이 채찍질을 잘했으니 이제 노형진이 사탕을 줄 때다.

“그러면 저희가 협조 요청은 안 하겠습니다. 다만 미용실에서 쓰레기만 따로 빼 주세요.”

“쓰…… 쓰레기만요?”

“네. 그 레드슈츠 아가씨들 머리카락만 모아서 대충 다른 쓰레기통에 담아서 내놓으시면 저희가 수거해 가겠습니다. 공식적으로 저희는 쓰레기통에서 쓰레기를 가지고 간 거니까 여사님이 제공한 건 아니게 되죠.”

주인의 눈동자가 격하게 흔들렸다. 충분히 가능한 이야기니까.

“싫으면 내일부터 출근하고.”

오광훈의 말에 주인은 격하게 고개를 끄덕거렸다.

“제가 레드슈츠 쪽 머리카락은 따로 잘 모아 둘게요.”

그제야 노형진은 빙긋 웃을 수 있었다.

쓰레기를 모아 오는 것은 어렵지 않았다.

애초에 쓰레기는 관리의 대상도 아니고, 쓰레기통을 뒤져서 가지고 온 증거는 증거로 인정되니까.

원장은 나름 머리를 써서 레드슈츠에서 사람별로 구분해서 봉투에 담아 두기까지 했다.

“진짜 머리 잘 썼네.”

오광훈은 킬킬거렸다.

겁을 준 것도, 노형진이 그녀에게 버리라고 한 것도 일종의 함정이었다.

그녀의 말마따나 보복의 위험성이 있으니까.

"만일 그녀가 줬다고 하면 보복이 들어가겠지. 하지만 우리가 쓰레기통을 뒤져서 증거를 가지고 왔다고 하면 보복을 못 하지."

실제로 수사 기록에 그렇게 적힐 테니까 거짓말하는 것도 아니다.

"그나저나 아무래도 내 생각이 맞는 것 같은데?"

노형진에게 나온 결과를 건네는 오광훈.

조사 결과, 의심스러운 사람만 무려 마흔 명이 넘었다.

검사 시료가 쉰 명분인 점을 감안하면 어마어마한 비율이었다.

더군다나 다른 미용실에 다니는 사람도 있을 테니까.

"여자들에게 마약을 공급하는 건 맞는 것 같다. 일단 이 정도로 증거가 나왔으면 대대적으로 습격하는 건 어려운 일이 아니야."

"지금 그쪽 경찰서에는 비밀로 하고 있지?"

"그래. 애초에 이 사건은 철저하게 검찰에서 진행하고 있으니까. 하지만 경찰을 아예 안 끼워 넣을 수는 없는데……."

이런 술집들은 대부분 경찰과 손잡고 있다.

그들은 단속이 나간다거나 수사가 들어간다고 하면 그쪽

에다가 정보를 흘리는 게 보통인데, 그러면 일단 죄다 잠수를 탄다.

하물며 단순 성매매도 그 지경인데 살인이나 마약까지 포함되어 있다면 일이 어떻게 될지 모른다.

그런 곳은 아가씨들이 바뀌는 게 흔한 일이고, 그걸 추적하는 것은 사실상 불가능에 가깝다.

더군다나 박스라고 불리는 특유의 단위로 바뀌는 경우가 많아서, 그들이 한꺼번에 바뀐다고 해도 의심할 것도 없고 말이다.

실제로 소위 말하는 '수질 관리'를 위해 술집끼리 박스 단위로 바꾸는 경우도 있으니까.

"마약 검사도 극비리에 국과수를 통해서 했으니까 서울 쪽은 아예 모를 거야."

"그러면 인원 투입은? 그게 문제잖아. 인원을 투입하려고 하면 한두 명으로 안 될 텐데?"

검찰에도 수사관이 있다지만 그건 한 줌도 안 된다.

대단위 병력을 동원하려면 경찰이 필수적인데, 보통 사건은 그 지역의 경찰서에 지원을 요청한다.

"만일에 대비해서 분당경찰서에 지원 요청해 놨다. 2개 중대 지원해 주기로 했어."

"아, 분당."

성남은 전형적인 주거 도시이지만 유흥가가 없는 것은 아니다. 강남같이 대형은 아닐 뿐.

그렇다 보니 상대적으로 덜 부패했다.

하지만 도시의 인구 자체는 많은 편이기에 경찰 인원도 많은 곳 중 하나다.

"그쪽에서 지원을 받아서 습격할 거야."

"그러면 우리 쪽에서도 도와줘야겠네."

노형진의 말에 오광훈이 의아한 눈으로 그를 쳐다보았다.

"돕는다고? 어떻게?"

"최악의 경우 인질극을 벌일 가능성도 있어."

"인질극이라……. 확실히 그럴 가능성이 있기는 하네."

현실적으로 마약을 이용해서 아가씨들을 지배하고 있다면 동료라기보다는 도구에 가깝다.

최악의 경우 인질로 잡고 탈출하려고 할 가능성은 분명히 존재한다.

"급습일은 언제야?"

"아직 결정되지 않았어. 다만 믿을 만한 검사들 위주로 접촉하면서 도움을 요청하고 있어. 보통 스타 검사들이지만."

오광훈의 말을 들은 노형진은 고개를 끄덕거렸다.

이 건수는 언론에서 좋아할 만한 일이니, 스타 검사들의 새로운 실적으로 인식될 것이다.

스타 검사들은 노형진, 새론과 손잡았기 때문에 범죄자들과 엮여 부패할 가능성은 낮다.

물론 아예 없는 건 아니지만 노형진을 속일 수는 없기에, 한 명이 그랬다가 걸려서 감옥으로 가고 말았다.

"좋아. 그러면 그렇게 하고, 날짜 잡으면 연락해 줘. 우리 쪽에서도 사람을 보낼 테니."

"사람을?"

"그래."

노형진은 빙긋 웃었다.

"공짜로 술 한번 먹어 보자고, 후후후."

트로이의 목마

비밀리에 경찰이 들이닥치기로 한 날.

오광훈은 사람들을 데리고 레드슈츠로 갔다.

그런데 그 숫자가 무려 삼백 명이 넘었다.

“아 씨, 아가씨 언제 데리고 오는 거야?”

“죄송합니다.”

“자리가 없다고? 장난해?”

“아이고, 사장님. 조금만 기다려 주시면 자리를 만들어 드리겠습니다, 헤헤헤.”

인터넷을 뒤져서 가게의 규모를 알아내는 건 어려운 일이 아니었기에 그곳에서 무려 이백 명의 아가씨가 일한다는 사실을 알고 있었다.

이런 술집은 기본적으로 일대일의 구조를 가지고 있기 때문에 당연히 손님이 삼백 명이 몰리면 아가씨가 부족할 수밖에 없었고, 레드슈츠의 실장들은 다급하게 보도, 즉 출장 아가씨까지 불러 가면서 숫자를 채워야 했다.

"야, 매일이 오늘 같으면 얼마나 좋을까?"

"그렇게 그나저나 오늘 뭔 일이래냐? 이렇게 손님 넘치는 건 또 처음이네."

"모르지. 어디서 대박 터졌나?"

실장들은 진땀을 흘리며 말했다.

하지만 그들은 자신들의 숨통을 조일 칼이 다가오고 있다는 건 상상하지 못했다.

"확인했습니다. 대기실에 아무도 없답니다. 외부에서 들어갔던 아가씨들도 다른 곳으로 이동했다고 합니다."

수사관의 말에 고개를 끄덕거리는 오광훈.

오광훈은 고개를 돌려서 노형진을 보았다.

그러자 노형진은 그 시선을 느끼고는 전화기를 들어서 어디론가 전화를 했다.

-어, 나야. 뭐? 온다고? 야 야, 여기 풀이다. 다른 곳 찾아봐. 아무래도 여기는 오늘 못 오겠다. 방이 만땅이란다. 우리도 한 시간 기다리다가 자리 없어서 다른 곳으로 움직이려고.

그 너머에서 들리는 천연덕스러운 목소리. 일종의 신호였다.

'아가씨들의 대기실이 모두 비었다'.

즉, 모든 아가씨들이 각 방에 들어가 있다는 거다.

"좋아, 들어가자."

작전이 시작됨과 동시에 그들은 입구를 막고 아가씨들이 나가지 못하게 할 것이다.

오광훈의 명령이 떨어지자 경찰들은 조용히 이동하기 시작했다.

특이한 점은 그들이 움직이는 장소 중에 옆에 있는 다른 건물도 포함되어 있다는 것이다.

"지하에 비밀 탈출구를 만들어 놓다니, 깜찍한 놈들."

설계 도면상에는 없는 탈출구였다.

하지만 갑작스러운 단속 등에 VIP 손님들을 대피시키기 위해 만들어 둔 탈출구가 있었고, 노형진은 혹시나 해서 주변 건물을 뒤졌다.

오래 걸리진 않았다.

아무리 그들이 돈이 많다고 해도 100미터씩, 200미터씩 굴을 팔 수는 없었을 테니까.

아니나 다를까 탈출구가 있었고, 그곳에 1개 소대가 배치되어서 나오는 놈들을 족족 잡아들이기로 했다.

"들어가자."

오광훈이 눈을 번뜩이면서 말하자 기다리던 병력이 우르

르 움직이기 시작했다.

"이런 씨발."

그리고 그 정도 병력이 움직이는데 눈에 안 띌 수는 없었다.

"막아!"

"염병할. 뭐야, 저거!"

"비상!"

"비상! 비상! 다 대피시켜!"

대인원이 거침없이 몰려들어 룸에 들이닥치는 엄청난 광경에, 막 입구에서 담배를 물던 직원 한 명이 자신도 모르게 입을 벌리고는 담배를 떨궜다.

"야! 막아!"

눈이 뒤집어진 사람들은 다급하게 앞을 가로막았다.

"지금부터 체포 영장이랑 압수수색영장을 집행한다."

"씨발, 조까!"

"누구 마음대로! 막아!"

입구를 지키던 놈들이 경찰을 밀어내더니 그중 한 명이 갑자기 안으로 뛰어들어 그대로 유리문을 닫고 잠갔다. 그리고 셔터를 내렸다.

이어 바깥에 남아 있던 놈 중 한 놈이 펄쩍 뛰어올라 바깥에 있던 또 다른 셔터를 내리고는 두꺼운 자물쇠를 걸어 버렸다.

"얼씨구?"

무려 이중 셔터였다.

보통 셔터는 유리문을 두고 바깥쪽에 설치된다.

그런데 지금 잠근 건 바깥의 하나, 그리고 안쪽의 하나였다.

애초에 셔터의 목적이 유리문을 보호하는 것인 만큼 문 안쪽에 셔터가 있을 이유가 없다.

"뭐야? 어떻게 된 거야?"

생각지도 못한 상황이었다.

얼마나 절묘하게 감춰진 건지 셔터를 보지도 못했다.

"켕기는 게 많은 모양이네."

단순히 단속을 피하기 위해서라면 이렇게까지 할 이유가 없다.

"놔! 놓으라고, 이 씨발 새끼들아!"

이쪽 인원이 많다 보니 당연히 입구에서 저항하던 놈들은 쉽게 체포되어서 끌려 나왔다.

하지만 상황은 여기서부터 틀어지기 시작했다.

"셔터 열어!"

셔터 정도는 예상했기 때문에 미리 준비한 절단기로 1차 셔터에 있는 자물쇠를 자르고 여는 건 어렵지 않았다.

두꺼운 자물쇠로 잠그기는 했지만 자물쇠가 아무리 두꺼워 봐야 유압식 절단기를 이길 수는 없으니 그걸로 끊어 버리고는 바로 셔터를 올릴 수 있었다.

그러나 여전히 유리문과 안쪽 셔터가 남은 상황.

“야! 문 열어!”

오광훈이 말하자 안쪽에 있던 쇠창살 형태의 셔터 뒤에서 술집의 직원이 과감하게 가운뎃손가락을 세웠다.

“이런 미친 새끼를 봤나? 검사한테 엿을 먹여?”

눈을 가늘게 뜬 오광훈은 누군가에게 손을 내밀었다.

그러자 그의 손에 거대한 공사용 망치, 속칭 오함마가 들렸다.

“이 새끼야, 내가 여기서 구경만 할 줄 알았냐? 뒈져, 이 씨발 새끼야. 아오, 씨바아앍!”

오광훈은 노성을 지르며 망치를 강하게 휘둘렀다.

그러나 예상과 달리 그는 튕겨 나오는 망치에 하마터면 다칠 뻔했다.

예상치 못한 충격에 정신이 어질어질해진 오광훈의 귀에 비웃음이 파고들었다. 유리 너머에서 놈들이 웃고 있었다.

“이거 방탄유리야, 이 개새끼야! 하하하하!”

“이런 미친.”

그걸 보면서 노형진은 혀를 내둘렀다.

“이렇게까지 하다니, 아무래도 오광훈 네가 생각한 게 맞는 모양이다.”

아무리 단속이 무섭다고 해도 입구까지 방탄유리를 쓰지

는 않는다.

방탄유리는 비싸서, 보통 강화유리를 많이 쓰기 때문이다.

"이런 미친 새끼들을 봤나?"

오광훈은 어이가 없었다.

"씨발, 겁나 발전했네."

그 또한 조폭이었다지만 술집 입구를 방탄유리로 할 줄은 몰랐기에 돌입은 불가능해져 버렸다.

"다른 곳은? 다른 곳도 방탄이야?"

빡친 오광훈이 다급하게 명령하자 몇몇이 돌아다니면서 유리창에 망치를 휘둘러 봤지만 애석하게도 죄다 방탄유리였다.

"돌입이 불가능합니다."

"2층이나 3층은?"

"돌을 던져 봤는데 안 깨집니다. 아무래도 전부 방탄 처리한 것 같습니다."

"이런 미친놈들."

그 순간 지지직거리는 무전기.

—비밀 통로에서 나오던 놈들이 끊어졌습니다. 아무래도 우리가 지키고 있는 걸 알아챈 것 같습니다.

들어가지도 나가지도 못하게 된 상황. 그 상황에서 정체가 이루어지기 시작했다.

"씨발…… 이거 좆 된 것 같은데?"

오광훈은 눈을 데굴데굴 굴리며 중얼거리면서 높은 건물을 바라볼 수밖에 없었다.

⚖

대치 세 시간째.

기자들이 달려오고, 입구는 여전히 열리지 않고 있다.

그리고 위에서는 난리가 났다.

—야, 이 새끼야! 뭐 하는 거야! 당장 병력 안 빼?

쉴 새 없이 울리는 오광훈의 전화기.

물론 오광훈은 좆 까라는 심정이었다.

"그래서 누구시라고요?"

—뭐?

"아니, 사건이 끝나고 나서 기자회견에서 공개하려면 성함 정도는 알아야 하지 않습니까? 이게 무슨 사건인지도 모르는데 무작정 빼라고 하면 돈 받아 처먹었다는 소리밖에 더 됩니까?"

—뭐야? 너 내가 누군지 알고!

"그러니까 누구냐고, 이 새끼야! 너 지금 이 사건이 수십 명의 여성의 납치 및 강간, 인신매매와 살인, 강제 마약 투여 사건인 건 아니? 그런데 이걸 덮으려고? 이야, 돈 많이 받아 처먹었나 보다? 인생 걸 만큼 받았나 봐? 한 20억쯤 받았냐?"

그 순간 전화가 툭 끊어졌다.

그걸 보면서 오광훈은 피식 웃었다.

"병신 새끼. 전화번호는 뭐 폼인 줄 아나."

기록을 뒤지면 누군지 나온다.

지난번에도 그렇게 한번 당한 인간들이 아직도 이러는 걸 보면 고위 공직자들의 지능이 상상 그 이상으로 낮은 것 같다고 생각하며 오광훈은 짜장면 그릇에 씐 랩을 부욱 뜯었다.

"왼손으로 비비고 오른손으로 비비고."

"그건 다른 거고."

오광훈이 짜장면을 비비는 걸 본 노형진은 한숨을 쉬며 중얼거렸다.

"야, 뭘 그리 고민해? 먹어, 먹어. 어차피 저 새끼들은 어디 도망 못 가."

"그러니까 문제인 거야."

어디 도망 못 간다.

입구는 완전히 막혔고 주변에는 병력이 가득하다.

다급하게 달려온 현지 경찰은 항의하려고 했지만, 상황을 알고는 재빨리 지원 병력을 보내는 걸로 태세를 전환했다.

여기서 항의해서 병력을 빼라고 하면 뇌물을 받았다고 인정하는 꼴이니까.

"인질극은 아닌데 사실상 인질극이 벌어지는 상황이 되어 버린 거 아냐."

"그렇기는 한데, 그놈들이 안쪽에 있는 사람들에게 뭔 짓은 못 한다며?"

"그래, 다행히도 말이지."

술집들은 당기는 문이 아니라 미는 문으로 설치되어 있었다.

단순히 잠근 게 아니라 안쪽에 의자나 테이블 같은 짐을 쌓아 둔 상황인지라 안쪽에서 조직원들이 뭔가 하고 싶다고 해도 문을 열 수 있는 방법이 없었다.

"그러면 시간을 끌면 나오겠지."

"너 무사태평하다, 진짜."

"방법이 없는 걸 어째? 그나마 다행인 건 이 짓거리를 해도 될 만큼 저 새끼들이 감추는 게 많다는 거잖아?"

"그건 그렇지."

사다리차까지 불러서 확인해 본 결과 모든 창문은 방탄유리였다.

심지어 옥상의 문 역시 잠겨 있는데, 그걸 강제로 열어 보니 입구는 아예 벽으로 막혀 있었다.

"뻔하지. 탈출을 막아야 하니까."

술집의 구조는 지하 2층, 지상 4층이다.

그런데 술집으로 쓰는 건 지상 3층까지다.

즉, 지상 4층이 여자들을 가두어 두는 곳일 가능성이 높다는 거다.

"시간 끌다 보면 알아서 기어 나오겠지."

"그리고 그 시간 동안 네가 욕먹겠지."

"우리는 이유가 있잖아?"

"그건 우리의 추측일 뿐이지."

마약을 했다는 증거는 있지만 여자들이 잡혀 있다는 증거는 없다.

더군다나 이 주변은 유흥가다.

이 정도 병력이 오래 대기하면 주변에서 불만이 들어온다.

웃긴 일이지만 이런 민원에 눈치를 볼 수밖에 없는 게 현실이다.

"더군다나 저놈들, 시간을 끌면서 안 나올 것 같은데."

그게 3일이 될지 4일이 될지 알 수 없다.

"최악의 경우 이번 달을 넘길 수도 있어."

"설마."

"설마가 아니야. 잡아 둔 사람들에게 짜장면을 시켜 먹였겠냐?"

그릇을 흔들며 말하는 노형진.

즉 밥을 해서 그들을 먹였을 거라는 건데, 그 말은 그 안에 적지 않은 쌀이 있을 거라는 뜻이다.

"단전이나 단수는 안에 있는 인질들 때문에 꿈도 못 꾸고.”

“흠…….”

오광훈은 핸드폰을 바라보았다.

하긴 점점 전화가 많이 오고 있으니 어느 순간 자신의 모가지가 잘리고 병력이 빠질 수도 있는 일이다.

전화해서 항의하는 건 추적해서 잡으면 그만이지만, 그게 아니라 자기 목을 자르는 건 추적할 수도 없다.

“역시 막 그라인더 같은 걸로 갈아야 하나?”

방탄유리라고 하지만 지속적으로 갈아 대면 충격에 깨질 수밖에 없다.

물론 시간이 제법 오래 걸릴 테지만.

“그냥 〈와일드 하드〉나 찍자.”

“〈와일드 하드〉?”

“알지, 그 영화?”

“알지. 그거 모르는 사람도 있냐?”

“젊은, 아니 어린애들은 잘 모를걸.”

〈와일드 하드〉는 밀폐된 공간에서 주인공이 테러범을 잡는 내용의 아주 유명한 상업 영화 중 하나다.

“〈와일드 하드〉, 가능해?”

“가능하지.”

노형진은 씩 웃으며 말했다.

“다만 그렇게 박박 기는 모습은 없겠지만 말이야, 후후후.”

⚖

정우찬은 조용히 눈을 감고 있었다.

여자들은 구석에 앉아서 오들오들 떨고 있었고, 다른 사람들은 핸드폰을 보면서 시간을 보내려고 하고 있었다.

몇 번 입구를 밀고 들어오려는 시도가 있었지만 열리지 않자 이내 포기한 듯 문 너머에서는 침묵만 흘렀다.

딩딩딩, 딩딩딩.

어느 순간 울리는 정우찬의 핸드폰 벨 소리.

정우찬은 감고 있던 눈을 뜨고 전화를 받았다.

“네, 변호사님. 네, 네. 알겠습니다. 앞으로 30분 후에 돌입. 알겠습니다.”

정우찬은 통화가 끝나자 자리에서 일어났다. 그리고 몸을 일으켰다.

“오? 드디어 움직이는 겁니까, 팀장님?”

“정보 팀은 여기 계십시오. 우리가 알아서 할 수 있습니다.”

정우찬은 일어나서 가지고 온 가방을 열었다.

만일에 대비해서 준비한 물건이었다.

그는 그 안에서 방독면을 꺼내 쓰고 스턴건과 가스총을 꺼냈다.

그걸 본 여자들은 더더욱 사색이 되었다.

잠깐 기다리던 정우찬은 정보 팀원들에게 말했다.

"테이블 좀 치워 주시죠. 제가 나가면 바로 막으시고요."

정보 팀이 잽싸게 바리케이드를 치웠다.

그리고 그와 동시에 정우찬이 바깥으로 나갔다.

그리고 정확하게 같은 타이밍에, 정우찬과 같은 복장을 한 사람들이 한꺼번에 방에서 튀어나왔다.

"어? 뭐야?"

복도에 널브러져 있던 사람들은 주춤주춤 일어났다.

"저거 뭐야? 씨발!"

"뭔지 알 게 뭐야! 일단 잡아!"

그들은 눈이 벌게져 있었다.

룸 안쪽에서 사람들이 나오지 않는 걸 보고 최소한 같은 편은 아니라고, 일이 틀어졌다고 판단한 그들은 어떻게 해서든 경호 팀을 잡기 위해 움직였다.

그리고 그런 그들의 행동은 결국 자충수가 되었다.

"발사."

짧은 말이었다.

그러자 선두에 서 있던 경호 팀은 그들을 향해 가스총을 분사했다.

"아악!"

"끄아아악!"

달려오던 놈들은 그대로 얼굴을 부여잡으면서 주저앉았다.

하지만 효과는 그놈들에게만 있는 게 아니었다.

"크에엑."

"끼애애액!"

가스총은 세 종류가 있다.

하나는 액체 발사식.

쉽게 말해서 캡사이신을 액체 상태로 쏘는 거다.

그걸 맞으면 얼굴에 캡사이신 원액을 처바른 것이나 마찬가지이기 때문에 사람은 고통에 미친다.

두 번째는 분사식.

말 그대로 스프레이 형식으로 뿌리는 거다. 쉽게 퍼지고 쉽게 가라앉는다.

마지막으로 분말식.

쉽게 말해서 가루로 퍼트리는 건데, 군대에서 화생방을 할 때 쓰는 CS탄과 비슷한 유의 분말이 들어 있다.

그리고 이들이 쓴 건 분말식이다.

그런데 이곳은 밀폐된 공간이다.

화생방을 겪어 본 사람들은 안다, 그 밀폐된 공간에서 CS탄을 터트렸을 때 어떤 일이 벌어지는지.

"끄애애액!"

복도가 좁은 탓에 맞은 사람은 서너 명에 지나지 않았지만 무섭게 퍼지는 가스총 분말의 성분에 죄다 얼굴을 부여잡기 시작했다.

"씨발, 뭐야!"

좀 떨어진 곳에 있던 사람들은 다급하게 달려오다가 멈칫했다.

그리고 그사이에 그들에게 최루가스가 날아갔다.

"끄아아악!"

결국 결과는 똑같았다.

그들이 뭘 하든 방독면을 쓴 채로 최루가스를 뿌리는 사람들을 이길 수는 없었다.

"씨발! 담가!"

"조져!"

비명이 커지자 다른 쪽에 있던 놈들이 무기를 들고 뛰어왔다.

그들의 손에 들린 무기를 본 정우찬은 혀를 찼다.

쇠파이프와 사시미였다.

술집에서 쇠파이프가 필요할 일이 있을 리는 만무하고, 안주라고는 과일 안주와 마른안주가 끝인 이런 술집에서 사시미를 쓸 일은 없다.

즉, 저런 걸 가지고 있다는 건 폭력 조직이라는 거다.

"그만두지?"

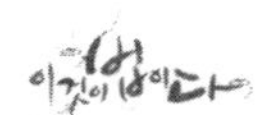

정우찬이 경고했지만 그들은 그럴 생각이 전혀 없는 듯했다.

도리어 얼굴을 젖은 수건들로 막는 것이, 끝까지 갈 생각인 듯했다.

"뭐, 그렇다면야."

"조져!"

정우찬의 말이 끝나기 무섭게 달려드는 놈들.

정우찬은 그들이 다가오기 전에 먼저 스턴건을 꺼내 들었다.

방아쇠를 당기자 날아간 침은 순간적으로 강력한 전류를 흐르게 했다.

"끄르르르르륵!"

그걸 맞은 놈은 그대로 쓰러져서 마치 도마에 올라온 활어처럼 펄쩍펄쩍 뛰었다.

"꿇어."

정우찬은 한 발 남은 스턴건을 조준하며 말했다.

하지만 그가 굳이 그렇게 말하지 않아도 그들은 꿇을 수밖에 없었다.

정우찬의 손에 남은 건 한 발뿐이었지만, 그 뒤에서 다른 사람들이 천천히 품에서 스턴건을 꺼내고 있었기 때문이다.

"누가 가서 문 좀 열어라. 가스 뿌렸다고 말해 주고."

그렇게 부하 한 명을 입구로 보낸 정우찬은 고통에 몸부림

치는 놈들을 무심하게 바라볼 뿐이었다.

경찰이 문을 열고 들어가자 기자들은 난리가 났다.
그리고 오광훈은 그곳에 있던 여자들에게서 진술을 들을 수 있었다.

—이번 사건은 폭력 조직이 사회적으로 고립된 여성들을 강제로 마약에 중독시켜 성매매로 내몬 것으로, 자금 출처는 중국계인 것으로 드러났습니다.

그 안에서 서승혜를 찾을 수 있었고, 그녀뿐만 아니라 많은 여자들이 잡혀 있었다.
로사리아 수녀가 다급하게 달려와서 확인한 결과 실종된 피해자들 대부분이 이곳에 있었다.

—그들은 사회적으로 고립된 여성들을 유혹하여 유흥가로 넘어오게 하였고, 여의치 않은 경우 강제로 납치해서 마약에 중독시킨 후 유흥가에서 일하게 하는 방법으로…….

노형진은 떠들고 있는 검찰총장의 모습에서 시선을 돌려

오광훈을 바라보았다.

"안 아깝냐?"

"뭐, 별로. 장기적으로는 그게 더 좋다면서?"

"그래, 그렇지."

처음에는 병력을 빼라고 게거품을 물던 자들도 돌변하여 검찰을 칭찬하면서, 검찰이 제대로 되어 있어서 사회가 돌아간다는 식의 헛소리를 찍찍 해 대고 있었다.

"그나저나 그래도 수사 결과 발표를 검찰총장이 할 줄은 몰랐는데."

확실히 큰 사건이기는 하다.

하지만 검찰총장이 직접 결과를 발표한다고 할 줄은 몰랐다.

정작 그 자신은 이 건에 대해 한 게 하나도 없으면서 말이다.

"지난번에 나한테 가루가 되도록 까였잖아. 어떻게 해서든 검찰의 이름을 높여야겠지."

그래서 검찰총장이 나서서 발표한다고 했던 것이다.

물론 오광훈은 순순히 고개를 끄덕거렸다. 반대한다고 해서 뭔가 바뀌는 건 아니니까.

"뭐, 차려입고 언론 앞에서 이빨 터는 건 내 취향 아님. 아직 사건이 끝난 것도 아니고."

"그렇지."

마약의 강제 투여는 어렵지 않게 증명할 수 있었다.

잡혀간 여자들이 있고 그들에게서 마약이 검출되었으며 그들의 증언이 있다.

"희생자들을 아직 찾지 못했다면서?"

심하게 마약에 중독되어서 더 이상 일을 하지 못하게 된 사람들, 그들을 찾아야 하는데 그 건에 대해서는 범인들 모두가 입을 꾸욱 다물고 있었다.

하긴 지금이야 이것저것 해서 한 15년 형 정도 나올 테지만 거기에 살인이 끼면 영원히 세상을 못 보게 될 테니까.

"경찰이나 검찰에서 그걸 모르는 건 아닐 테고."

"이미 알고 있겠지. 그런데 이 새끼들이 변호사를 써서 말이야."

증언이 있는 문제는 쉽게 해결할 수 있다.

하지만 변호사는 그 건에 대해서는 무조건적인 묵비권 아니면 부정을 하라고 했고, 그 때문에 누구도 입을 열지 않았다.

"거기에다 그걸 처리하던 놈들은 정해져 있을 텐데 누군지도 모르고."

조폭이라고 하지만 모두 다 비밀을 아는 건 아니다.

이런 더러운 일을 하는 놈은 따로 있기 마련이다.

"그놈들을 영 특정할 수가 없어."

일단 단순 아르바이트하던 애들은 단순 성매매 특별법상

의 알선 혐의로 처벌받겠지만 말이다.

'기억을 읽을 수 있으면 좋겠는데.'

그건 힘들다. 일단 검찰에 신병이 넘어간 이상 노형진이 그들의 변호사가 되기 전에는 그들의 기억을 읽을 방법은 없다.

설사 읽는다고 해도 그들 중 범인이 누군지도 모르는 상황이고.

"현장에 있던 놈들 말고 다른 놈들은?"

"죄다 튀었지, 뭐."

입구를 막고 버티기 시작한 시점에서 관련자들은 모조리 튄 상황.

"진짜 범인은 저기에 없을 가능성이 높아."

"응? 그게 무슨 소리야?"

오광훈은 노형진의 말에 다급하게 물었다.

"너도 알잖아. 조폭도 결국 시스템화될 수밖에 없어. 사람을 죽여 본 놈들은 살기가 배어 나온다고 하잖아. 저런 술집에 진상이 얼마나 많은지는 너도 알 텐데?"

"아, 그렇기는 하지."

오광훈은 고개를 끄덕거렸다.

얼마나 진상이 많은지, 말도 못 할 정도다.

그런 곳에 사람을 죽여 본 사람을 배치한다?

그런 놈이라면 분명 '죽여 버릴까?' 하고 생각할 테니, 손님이 살기에 겁먹고 더는 오지 않게 될 가능성도 분명 존재한다.

"그런 놈들이 접객을 할 거라고 보기는 힘들지 않아?"

"그러면 우리가 여기서 족쳐 봐야……."

"아는 놈이 없거나, 설사 있다고 해도 그냥 처분한다는 정도만 알 뿐, 실제 범인은 이미 튀었겠지."

"씨발…… 그러면 완전 나가리인데."

물론 여자들을 찾아낸 것만 해도 충분히 큰일이다.

하지만 그들이 활동한 기간이 얼마나 되는지도 모르는데 다른 피해자들을 포기할 수는 없었다.

"혹시 말이야, 그놈들이 남긴 전화번호 같은 건 없어?"

"있지. 이미 조사 중이긴 한데……."

그런 짓을 하는 놈들 중에 자기 핸드폰을 쓰는 놈은 없을 것이다.

그래도 그들의 핸드폰을 현장에서 압수했기 때문에 착신번호를 알아내는 건 어렵지 않지 않았다.

"그중에서 전화기가 꺼져 있는 놈을 찾아."

"전화기가 꺼진 거?"

"그래."

만일 단순히 도움을 외부에 요청하는 용도의 전화라면 그 전화기가 꺼져 있지는 않을 것이다.

대부분 권력가이거나 뇌물을 받아 처먹은 놈들일 테니 신분을 확인하는 것도 어렵지 않을 거다.

"하지만 전화기가 꺼져 있다는 건 추적을 막기 위해 꺼 놨다는 거거든. 그런 건 보통 대포폰이니까."

"뭔 소리인지 알겠네."

켕기는 게 있으니 그걸 끄고 도망갔으리라는 것이다.

"그러니 그 이름을 비교해 보면 금방 특정할 수 있을 거야."

오광훈은 노형진의 말에 고개를 끄덕거리고 바로 사건에 대해 조사에 들어갔다.

그리고 이틀 정도 지나자 그 수많은 핸드폰 중에서 두 개의 핸드폰 번호를 특정할 수 있었다.

"나머지는 받거나, 주인이 누구인지 특정된 거야. 하지만 이 두 개는 특정되기는 했는데 이번 일과는 전혀 상관없는 사람들이야."

"확실해?"

"한 명은 아예 외국인이고, 다른 한 명은 명의 도용 문제로 소송 중이야. 애초에 주소지도 순창이고."

결국 이 지역에는 아무런 연고도 없는 사람이라는 거다.

노형진은 고개를 끄덕거렸다.

"그러면 그 두 사람의 핸드폰이 대포폰이겠네. 마지막 발신지는?"

"강북."

"답 나오네."

일이 터지자 일단 그들에게 전화해서 도주하라고 한 것이다.

"일단은 그놈들을 잡아야 하는데."

오광훈은 머리를 긁적이며 말했다.

"그런데 같이하고 싶다는 사람이 있는데? 아니, 정확하게는 그 사람이 사건 담당 검사야."

"뭐?"

노형진은 순간 당황했다.

경찰도 개소리라고 보냈던 사건이다.

오광훈이 그 모든 걸 추적해서 잡았는데, 이제 와서 갑자기 다른 검사가 끼어들다니?

"뭔 개소리야? 다른 검사라니?"

"그게 말이지, 뭐 나한테 물러나라는 건 아니야. 일단 내가 사건을 찾은 검사가 맞으니까 여기서 날 자르면 또 그림이 이상해지잖아. 그래서 나도 담당이기는 한데……."

"뭔 소리인지 알겠네."

쉽게 말해서 이 모든 실적을 가지고 스포트라이트를 받을 검사를 보냈다는 것이다.

이번 사건 자체도 어마어마한 스포트라이트를 받고 있다.

오광훈이 방송에 나서는 타입이었다면 수사할 시간보다 방송에 나갈 시간이 더 많았을 만큼 말이다.

그런데 오광훈은 그런 걸 원하지 않았고, 검찰에서는 정식으로 사건이 성립된 이상 검사를 보낼 권한이 있다.

"네가 욕심 없는 걸 알고, 그동안 가루가 되도록 까인 검찰이니 이참에 스타 하나 만들어 이미지 쇄신해 보겠다 이거네."

그들은 지금 새론의 스타 검사를 그대로 따라 하려는 것이다.

"하긴 지금까지 스타 검사라는 게 없었지."

정확하게 말하면 서로 견제하면서 성장하지 못하게 했다고 표현하는 게 맞다.

새론은 스타 검사를 키워서 사람들의 관심을 검찰로 쏠리게 하는 반면, 검찰은 소위 말하는 공안 검사를 통해 사건을 조용히 처리하는 걸 선호했다.

그만큼 걸리는 게 많기 때문이다.

"말로는 법률상 사건을 공개하는 게 불법이라고 하지만……."

물론 그건 개소리다.

한국에서 그 법을 가장 많이 어기는 조직이 다름 아닌 검찰이다.

심지어 아무런 죄가 없어도 일단 죄를 만들어서 언론 플레이 하면서 생매장을 시도한다.

당장 새론과 노형진에게 그 짓을 시도했다가 걸려서 검찰의 처지가 이렇게 된 것이다.

"하지만 스타 검사가 존재하면 인기를 끌어올리기 편하거든."

이슈성이 될 만한 사건들을 밀어주고 그들이 해결하게 하면 된다.

그러면 외부적으로는 홍보에 따라 검사들이 엄청 일을 잘하는 것으로 보일 수 있다.

"그게 뭐야?"

"뭐긴 뭐야? 그게 홍보지."

가령 범인 체포율이 99.99%라고 해도 못 잡은 범인 한 명을 물고 늘어지면 사람들은 검찰이나 경찰이 일 못한다고 생각한다.

하지만 체포율이 80%라고 해도 스타 검사가 나와서 온갖 쇼를 하면 사람들은 검찰이 일을 잘한다고 생각한다.

"그 검사, 여자 맞지?"

"맞아. 어떻게 알았냐?"

"뻔한 거 아냐?"

인기를 얻으려고 한다면 외양이 수려한 검사가 좋다.

특히 여자 검사라면 일단 여성계의 지지를 얻으면서 들어간다.

"더군다나 아까도 말했지만 지금까지 스타 검사가 없었던 것은 서로 간의 견제 때문이거든."

스타 검사가 된다는 것.

그건 승진하기 쉽다는 말이고, 궁극적으로 검찰총장이 되기 쉽다는 말이다.

"그런데 여자는 그 안에서도 좀 특수하지. 견제가 쉽달까?"

"왜?"

"검찰은 남성적인 조직이잖아. 여자가 승진하는 걸 싫어해."

즉, 유명한 건 그녀일지 모르나 정작 승진시킬 때는 남자를 추천한다는 거다.

어느 정도까지는 그녀가 빠르게 승진하겠지만 그 이후에는 분명 승진이 막힐 거다.

물론 그것만 해도 일반 여성 검사들이 올라가는 곳보다는 더 높겠지만.

"그리고 그때쯤 되면 수명이 다하는 거지."

더 예쁘고 더 어린 여성 검사를 스타 검사로 들이밀면서 그녀는 점차 잊히게 한다.

그러면 승진 라이벌은 사라지는 거다.

"와, 씹. 존나 복잡해."

"원래 그렇게 복잡해."

노형진은 어깨를 으쓱하며 말했다.

"그러면 이걸 해결하면 실적은 그쪽에서 챙기겠는데?"

—이번 사건에 대해 저희 검찰은 모든 방법을 동원해서 희생자들을 찾고…….

"와, 모델이야? 겁나 예쁘네."

노형진은 오광훈의 사무실에서 그녀의 기자회견을 보고 있었다.

처음에는 검찰총장이 발표하더니 이제는 그 새로운 검사가 발표를 하기 시작했다.

노형진의 예상이 맞아떨어졌다는 것이다.

"아주 그냥 겁나 예쁘네. 다른 여자 검사들은 도둑놈의 새끼를 잡느라 화장은커녕 머리 떡칠해 가면서 야근해 대고 있는데 그냥 피부에 광 흐르는 거 봐라. 윤기가 잘잘 흐르네. 저렇게 꾸미고 다니는 거, 다른 여자 검사들한테는 모욕 아냐? 얼마나 관리하면 저 지경이냐?"

오광훈은 너무 예쁜 검사를 보면서 툴툴거렸다.

"스타 검사잖아. 목표가 있으니까."

사람들에게 관심을 받고 승진해야 한다. 그러니 꾸미고 나올 수밖에 없다.

"당장 댓글을 봐 봐."

—검사님, 절 잡아가세요.

—넘 예쁘시다.

—우먼 빠워!

호평 일색이다.

아니, 호평 일색 정도가 아니라 여자 검사의 외모에 대한 평가뿐이다.

"이런 병신 같은 생각을 도대체 누가 한 건지."

노형진이 과연 여자 검사의 외모를 이용한 홍보 방법을 몰라서 그 방법을 안 썼을까?

아니다. 그들보다 홍보에 대해 더 잘 아는 게 노형진이다.

당장 스타 검사 중 유일한 여성 검사인 홍보석 검사도 꾸미면 저 정도는 나온다.

그럼에도 불구하고 그녀에게 꾸미라고 하지는 않는다.

이유는 간단하다.

사건은 누군가의 희생으로 발생하는 거고, 그 관련자들은 슬픔에 힘들어한다.

당연히 검사의 책무는 사건이나 실적의 홍보가 아니라 범인을 잡는 데서 시작된다.

'그런데 저렇게 외모를 꾸미고 나오면 사건 자체가 묻혀 버려.'

웃긴 일이지만 현실이 그렇다.

당장 인터넷에도 사건에 대한 이야기는 대부분 사라지고 그녀의 외모 이야기만 나오고 있었다.

그래서 안 쓴 것이다.

그걸 알기에 오광훈도 투덜거리는 거고 말이다.

"어쩔 수 없지, 저쪽에서 그런 식으로 나온다면……."

"이미 자료는 다 찾아갔어. 뭐, 그쪽은 프로파일러까지 붙어서 추적하고 있고."

"이쪽과는 아예 별개로 추적한다고?"

"그래. 그래야 실적을 가지고 갈 테니까."

물론 그 별개라는 것은 함정이 있다.

사건 해결에 협조하는 차원에서 오광훈이 찾는 모든 증거는 그들이 가지고 갈 테니까.

그러니까 마지막 순간에 수갑을 채우는 것만 자기들이 하겠다는 것이다.

"하긴 그럴 만하지."

검사라고 하지만 최초의 스타 검사를 아무에게나 시킬 리가 없다.

검찰 측 스타 검사의 이름은 윤영지. 검사가 된 지 3년 차이며 사방에서 전폭적인 지원을 받고 있다.

당연하다.

그녀의 어머니가 여성부 차관이니까.

그래서 여성계에서도 그녀를 무슨 영웅처럼 홍보하고 있

었다.

"그런데 실적은?"

"그저 그래. 애초에 강력계도 아니고."

검사에게도 전문적인 영역이 있다.

그리고 그녀의 전문 영역은 애석하게도 강력계가 아니었다.

사기 쪽이었는데 갑자기 강력계로 발령된 것이다.

"뭐, 신경은 쓰지 말자고."

그런데 의외인 것은 오광훈이었다.

"잡는 게 중요하지 누가 검찰총장이 되는 게 중요하겠어? 동네 개새끼가 되든 대통령 마누라가 되든, 그냥 나만 방해 안 하면 되는 거야."

"의외네."

"나 원래 그랬다."

오광훈의 말에 노형진은 피식 웃었다.

"그나저나 여기까지 온 걸로 봐서는 생각이 있는 것 같은데. 맞지?"

일단 오광훈과 노형진은 검사와 변호사 사이이다.

당연히 공식적으로 접촉하기 쉽지 않다.

검찰 입장에서는 막아 봐야 바깥에서 만나면 그만인지라 가만두고 있고, 아래쪽에서는 또 은혜를 입은 것도 있어서 조용히 있지만 말이다.

"일단 저쪽은 중국 쪽 밀항을 감시하려고 하겠지."
"그러겠지?"
조사 결과에 따르면 레드슈츠를 차리는 데 들어간 자금이 중국 쪽에서 넘어온 걸로 되어 있다.
당연히 킬러 역시 그쪽에서 넘어왔을 가능성이 높고, 검찰에서는 실제 사장과 킬러는 중국으로 도피할 거라고 생각하고 공항과 항구에 인력을 보충하는 중이었다.
"하지만 난 다르게 생각해."
"어째서?"
"변호사들을 이 정도로 붙여 주는 조직에서 그들에게 조언해 주는 변호사가 없을까?"
"아……."
분명 그런 사람에게는 변호사가 붙는다.
그들이 살인자인 건 모른다고 해도, 일단 실제 사장이라는 점에서 도피할 이유는 충분하니까.
"그리고 보통 그런 변호사는 전관을 많이 쓰지."
"맞아. 지금 고용된 변호사들 중에 전관이 많더라고."
전관을 써야 사건에서 유리한 거야 당연한 일이니까.
그리고 전관, 특히 검사 출신 전관은 검찰의 수사 방향을 빤히 알고 있을 수밖에 없다.
"그러니까 아마도 해외로 튀려고 할 가능성은 낮아."
"하지만 그들이 누군지 모르잖아? 차라리 정체가 들키지 않은 지금 중국으로 튀는 게 나은 거 아냐?"

"반대도 가능하거든."

갑자기 이유도 없이 중국으로 튄다고 하면 분명 의심받는다.

"생각해 봐. 이미 통화한 이상 그들이 살던 주소지는 특정되었어. 그러면 그 지역에서 중국에 편도로 갈 사람들이 얼마나 될 것 같아?"

"아! 그 생각을 못 했네."

한국 사람들이 중국에 가는 목적은 대부분 관광이다.

편도로 가는 사람들은 이민 아니면 출장 정도인데, 그 지역에 사는 사람이 이 시기에 갑자기 중국으로 간다?

나 의심스럽다고 홍보하는 꼴이다.

"사실 검찰이 그걸 몰라서 그 지역의 검문검색을 강화한다고 하겠냐?"

지역 특정은 끝났고, 아마 그 지역에서 나오는 사람만 잡으면 된다고 생각하는 거다.

"난 왜 몰랐지?"

"넌 지금까지 이 정도로 대대적인 지원을 받아 본 적이 없으니까."

오광훈은 아웃사이더 기질이 강한 데다가 사실상 검찰의 적이나 마찬가지인 새론의 스타 검사니까.

"그러니 잘 모르지."

"그러면…… 국내에 있다?"

"그래. 마치 아무런 잘못도 없는 것처럼 천연덕스럽게 있을 거야."

"끄응……."

"그리고 사건 초기에 사방에서 전화 온 거 기억나지? 그중에 정보를 빼돌리는 놈이 없겠냐?"

"하긴."

일반적으로 뇌물을 주는 놈들은 그 기록을 남긴다.

뇌물을 주는 것 자체가 결정적인 순간에 쓰기 위해서인데 그 증거가 없으면 바로 손절할 테니까.

하지만 지금은 사건이 워낙 커져서 덮고 말고 할 수 있는 상황이 아니다.

그러면 그 증거는 쓰레기가 될까?

아니다. 그걸 가지고 위협해서 내부 정보를 꺼낸다.

"검찰의 수사 기록은 이미 다 넘어가고 있다?"

"그래."

노형진은 그렇게 말하며 미소 지었다.

"반대로 말하면, 지금 그들의 시선은 온통 저 윤영지라는 스타 검사에게 향해 있다는 거지. 우리는 그 뒤에서 조용히 움직이자고."

"그렇단 말이지."

오광훈은 기대되는 표정으로 물었다.

"그러면 어쩌면 되냐? 일단은 그 지역을 싹 털어?"

"그럴 필요는 없어. 바보도 아니고, 아무리 당장은 한국에 있다지만 이미 벗어날 준비는 하고 있겠지."

"벗어날 준비? 아하!"

벗어난다는 것. 그건 집을 내놨을 거라는 소리다.

일단 의심을 받기는 싫을 테니 해외로 나가지는 않겠지만 검찰이 이 지역을 의심하고 있다는 것 자체가 불편한 게 바로 범인들이다.

"그러니 이사를 가려고 할 거야."

그리고 그 지역, 정확하게는 그 통신 기지 주변에서 매물로 나오는 집들 중 아주 비싼 집들만 찾으면 된다.

레드슈츠 같은 걸 운영하는 놈이 허름한 집에서 살 가능성은 낮다.

"최소 40평 이상의 고급 주택이나 고급 아파트 중에 매물 나온 걸 뒤져 봐야겠어. 네가 자료를 추적하면 저쪽에 증거가 넘어갈 테니까 내가 추적해 봐야지. 아마 생각보다 많지 않을걸."

오광훈은 고개를 끄덕거렸다.

⚖

"여기가 제일 의심스러워."

노형진은 오광훈이 퇴근한 후에 그를 데리고 그 지역에 있는 커다란 빌라촌으로 향했다.

말이 빌라촌이지 최고급 빌라인지라 보안까지 따로 달려 있는 그런 빌라였다.

"사건 이후에 나온 최고급 매물은 이것뿐이야. 주인은 박근태. 직업은 무직."

"무직이라……."

"그래, 무직. 이미 뒷조사는 끝났어."

그는 지속적으로 재산은 늘어났지만 딱히 일을 한 기록은 없었다.

중국에 왔다 갔다 한 기록은 있지만 그곳에서 뭘 했는지도 알 수 없다.

"더군다나 그의 아버지가 한국에서도 전국구로 불리던 조폭이었더라. 딱 각 나오지 않냐?"

배운 대로 행한다고 했다.

이 방법을 자기 아버지에게 배워서 써먹었다면 분명 시대도 맞다.

"더군다나 말이지, 자식도 전학 수속을 밟고 있어."

"전학?"

"이곳에서 떠날 때 혼자만 가지는 않겠지."

그에게는 두 아들이 있는데 둘 다 전학 수속을 밟는 게 확인되었다.

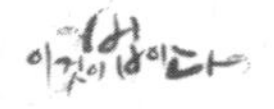

"그뿐만이 아니야. 변호사가 누군지 알아?"

"누군데?"

"전 서울검찰청장 신학윤."

"여러모로 의심스럽네. 역시나 이놈이 범인인 것 같아."

서울검찰청장이라면 술집을 운영할 때 아주 쉽게 선이 닿았을 것이다.

한국에서, 그것도 서울에서 룸살롱을 운영하면서 그런 쪽으로 선을 만들지 않았다는 건 대놓고 '나를 망하게 해 주세요.'라고 말하는 것이나 마찬가지다.

"살인을 행한 놈이 누군지는 모르지만 박근태는 알고 있겠지."

본인이 진짜 사장인데 이 모든 걸 모를 수는 없다.

더군다나 중국 자본을 가지고 온 것도 그다. 그러니 킬러의 존재 역시 알고 있을 것이다.

"문제는 어떻게 잡느냐는 거야."

미용실 주인의 반응에서도 그렇듯이 제대로 된 고발은 기대하기 힘들다.

바지 사장이 있기는 하지만 바지 사장은 자신이 바지라고만 주장할 뿐 진짜 사장이 누군지는 말하지 않고 있다.

실제로 그가 바지 사장이라는 증거가 넘쳐 나기 때문에 그를 진짜 사장으로 처벌하기도 애매하다.

"그리고 누구도 그에 대해 입을 열려고 하지 않으니까."

그 뒤에 킬러와 중국계 조직이 있는 걸 알고 있는 핵심 멤버들은 결코 입을 열려고 하지 않을 것이다.

입을 여는 순간 자신들의 죽음은 확정적이기 때문이다.

"그러면 어떻게 문제를 해결하려고?"

"그걸 왜 고민해?"

"응?"

"바로 이럴 때 써먹을 사람이 있잖아? 유명해지고 싶다는데, 이용해 드려야지, 후후후."

⚖

윤영지는 사건을 시작할 때 사실 오광훈 검사의 도움은 그다지 기대하지 않았다.

애초에 자신이 실적을 빼앗기 위해 투입된 게 너무 뻔한데다가 이쪽 수사 내역은 안 주고 저쪽 내역만 받아 왔으니 사이가 안 좋아지는 건 당연하다고 생각했기 때문이다.

그래서 오광훈이 정보를 가지고 왔을 때 솔직히 당황했다.

"박근태요?"

"맞아요. 그놈이 영 의심스럽단 말이지요."

오광훈은 의자에 기대어 말했다.

"하지만 해외로 갈 거라 생각했는데요?"

"아닙니다. 박근태는 강남으로 이사하려고 준비 중입니

다. 원래는 강북에 살았는데, 얼마 전에 강남에 집을 구했더라고요."

오광훈은 슬쩍슬쩍 윤영지에게 자신이 들은 떡밥을 던졌다.

그걸 들으면서 윤영지는 눈을 찌푸렸다.

그 정도면 오광훈 혼자서도 잡을 수 있을 것 같았으니까.

"그런데 왜 그걸 저한테 말씀하시죠?"

오광훈은 어깨를 으쓱했다.

"어차피 내가 영장 신청해 봤자 안 나올 게 뻔하니까요."

"무슨 말씀을 그렇게 하세요?"

"당연한 거 아닙니까? 이번에 검찰에서는 당신을 영웅으로 만들려고 작정한 것 같으니까요. 그렇다면 제가 신청해 봐야 영장은 안 나오겠죠."

윤영지는 오광훈을 물끄러미 바라보았다.

'이 사람은 대체 뭘까?'

가끔은 너무 멍청하고 무식해 보여서 도무지 검사 같지가 않을 지경이다.

하지만 또 가끔은 냉철하고 모든 걸 보는 혜안이 있다.

실제로 윗선에서는 사법부와 이야기가 끝난 상황이었다.

오광훈이 이번 사건과 관련해서 신청하는 영장은 거부하고 윤영지가 신청하는 영장만 발급해 주기로 말이다.

꼼수이기는 하지만 오광훈에게 붙어 있는 노형진이라는

걸출한 변호사를 이기기 위해서는 달리 방법이 없었다.

"뭐, 당신이 스타가 되든 말든 나는 상관없어요. 내 목적은 박근태를 잡는 거니까요. 그놈만 잡을 수 있다면 누가 영장을 치든 상관없습니다."

"하지만 그렇다고 해도 의심만으로는 영장을 칠 수 없어요."

"아무리 그래도 그 정도도 못 하지는 않을 텐데요? 어차피 없는 죄도 만들어서 영장 치는 게 검찰 주특기 아니었습니까?"

순간 윤영지는 울컥했다.

얼마 전 있었던 사건을 비꼬기 위해 한 말이라는 걸 알아차렸기 때문이다.

"솔직히 말해서요, 가능하죠. 털어서 먼지 하나 안 나오는 사람 없으니까."

"그래요. 지난번에는 제법 격하게 털던데요."

"이봐요, 오광훈 검사님. 당신도 검사라면 검찰 편을 들어야 하는 거 아니에요?"

오광훈은 피식 웃었다.

"내가 할 일은 씹쌔끼를 잡는 거고, 난 그것만 할 수 있으면 뭐든 상관없습니다. 내가 검찰 편 안 드는 건 검찰이 씹쌔기들을 잡는 데 도움을 안 주니까 그러는 거고."

"으음."

"거절하신다면 뭐, 제가 일단 털구요. 하지만 그랬다간 검찰의 계획이 틀어지는 거 아시죠?"

거침없는 오광훈의 말에, 윤영지는 신중한 눈빛으로 그를 바라보았다.

"확신하시나요?"

"일단 정황은 그러니까. 그리고 이 정도 해 줬으면 알아서 퍼먹어야지요. 아예 떠먹여 줘야 합니까?"

윤영지의 얼굴이 확 붉어졌다.

오광훈의 말이 맞다.

상대방이 특정되지 않았을 때가 문제지, 일단 특정된 후에는 자금 흐름만 추적하면 잡는 건 어려운 게 아니다.

당장 레드슈츠의 현금 인출 내역과 박근태의 입금 내역만 비교해 봐도 특이점 하나는 나올 테니, 그걸 가지고 영장 청구하면 어렵지 않게 영장이 나올 것이다.

"좋아요. 그러면 우리가 알아서 하지요."

"뭐, 그러시든가."

오광훈은 아주 당연하다는 듯 말했다.

"그러면 저는 잡을 놈들이 많아서 이만."

오광훈은 윤영지의 사무실에서 나와서 자신의 사무실로

돌아왔다.

그리고 그곳에서 기다리고 있던 노형진에게 말했다.

"저기 말이야, 이거 제대로 하는 거 맞냐? 괜히 저쪽만 띄워 주는 거 아니야?"

"응? 아니야. 어차피 피날레는 그놈이 아니거든."

"그 살인범이라는 거지?"

"그래."

현 상황에서 그놈은 레드슈츠의 실제 사장일 뿐이다.

물론 그곳에서 벌어진 범죄가 충격적인 것은 사실이지만 살인범을 잡으면 그건 비교도 못 할 정도가 된다.

"그러면 자연스럽게 네가 한 일에 대해서도 이야기가 나오지."

그러면 처음부터 끝까지 모든 것은 오광훈이 한 것으로 인정된다.

물론 윤영지가 한 것도 있지만, 그건 대표를 체포한 것뿐이다.

그것도 중요하지만 오광훈이 한 것보다는 밀릴 수밖에 없는 업적이다.

"남이 우리 업적을 털어 가려고 하는데 그냥 당할 수는 없잖아?"

"하지만 그놈을 잡는다고 나머지 놈들을 어떻게 잡아? 그놈이 입을 열 것 같지 않은데."

"그건 나한테 맡겨."

남에게 증명할 필요가 없다면 노형진만큼 적합한 취조 전문가는 없을 테니 말이다.

⚖

노형진과 오광훈은 당연히 박근태가 아주 화려하게 잡혀 들어올 줄 알았다.

그런데 의외로 박근태는 조용히 소환, 아니 체포되어 왔다.

원래 검찰의 성향을 보면 미친 듯이 떠들고 자화자찬해야 하는 일임에도 불구하고 말이다.

"박근태 그놈이 여기저기다가 전화를 돌렸나 보네."

그러니 피의 사실 공표 금지라는 법을 지키는 것이리라.

"저런 상황이면 검찰에서도 불리한데."

오광훈도 몇 번의 경험으로 안다.

한 번 검찰이 꺾인 뒤 피의자가 입을 다물고 변호사가 딱 붙어서 묵비권을 행사하게 되면 곤란해지는 건 검사들뿐이다.

한 번 꺾였기에 한 번 더 꺾이는 건 어려운 일이 아닐 테고, 당연히 그로 인해 수사는 정체될 수밖에 없다.

그나마 탈세를 핑계 삼아서 잡아 오는 데에는 성공했지만.

"아마 못 찾아낼걸."

권력자들이 확실하게 손절하게 하기 위해서는 그에 상응하는 뭔가를 꺼내야 한다.

하지만 지금 상황에서 그걸 찾아내지 못하면 결국 사건은 혐의 없음으로 끝날 것이다.

세금이야 뭐, 그냥 밀린 걸 내면 끝나는 거고 말이다.

"그런데 진짜로 여기 서 있으면 되는 거야?"

오광훈은 노형진을 데리고 빈 취조실로 들어갔다.

이곳은 원래 박근태를 취조하던 곳이었다.

하지만 박근태는 한마디도 하지 않았고, 결국 변호사와 함께 걸어 나갔다.

"뭐 나온 거 있대?"

"아니, 전혀. 자기는 몰랐고 그냥 투자자일 뿐이래. 투자한 건 사실이지만 납치와 마약 그리고 폭행 같은 건 모른다고 하더라고."

"뭐, 예상에서 벗어나지 않은 대답이네. 하긴 나라도 그렇게 변호할 거야."

바지 사장이 따로 있는 상태에서 실제 사장과 투자자의 갭은 아주 미묘하다.

그가 직접적으로 운영했다는 증거가 없다면 그건 투자자일 뿐이며, 투자자에게 투자 기업의 비리나 범죄에 대해 책임을 물을 수는 없다.

그 역시 돈을 날린 피해자이니까.

'하지만 과연 직접적으로 운영했다는 걸 입증하는 게 쉬울까?'

분명 모든 운영은 사람 대 사람으로 했든가 아니면 대포폰으로 이루어졌을 것이다.

그러니 특정하는 것은 절대 불가능에 가깝다.

'하지만 살인범만 잡으면 상황은 달라지지.'

그 살인에 관여했다는 것은 당연히 그가 사장이라는 걸 입증한다.

'내가 직접 그놈에게 물어볼 필요는 없어.'

어차피 이곳에서 하루 종일 박근태는 윤영지와 수사관들에게 동일한 질문을 받았을 것이다.

'과연 범인들은 어디에 있는가.'

물론 박근태는 침묵을 지켰지만 생각까지 막을 수 있는 건 아니다.

'빙고.'

그의 기억이 확실하게 떠오른다.

그의 머릿속에 떠오르는 건 의외로 화려한 도시다.

하지만 모든 도시가 다 그렇듯이 비슷비슷하게 생긴 곳이 많은지라 그곳에서 그들의 위치를 특정하는 것은 힘들다.

'가게들도 간판이 흐릿하고.'

지나가면서 무의식중에 기억하는 경우도 있지만 이 경우는 아예 관심도 없는지 글자 자체가 인식되지 않는다.

박근태의 목소리가 귓가에 들린다.

묘한 기분이다.

남의 목소리인데 자기의 목소리 같기도 하다.

그리고 그걸 또 자신의 귀가 아닌 남의 귀를 통해 듣는 괴상한 경험이다.

"나야. 그래. 지금 가게에 짭새들이 들어왔어. 뭔 일 있으면 연락 주기로 했잖아. 몰랐다는 게 말이나 돼? 1개 중대가 동원되었다는데? 지금 우리 애들이 입구 막고 농성하고 있다니까 빨리 빼. 당장!"

운전을 하면서 전화하던 박근태가 담배를 문다. 아니, 자신이 문다. 애가 탄다.

"닝기미 씨발, 새끼들 돈값을 못 하네."

그렇게 담배가 타고, 풍경은 빠르게 변한다.

그가 막 어딘가에 도착했을 때 그곳에는 두 사람이 서 있었다.

"보스!"

"형님."

커다란 덩치의 한 명과 얍삽하게 생긴 비쩍 마른 한 사람이다.

그들은 다급하게 짐을 끌고 나오고 있었다.

"시간 없다. 당분간은 조용히 살자."

"하지만 가게 쪽은 안전하겠습니까?"

"모르겠다. 하지만 뭐 별일 있겠냐. 어차피 이런 단속은 한두 번이 아니잖아?"

"하지만 이번에는 저쪽에서 작심한 것 같다는데요?"

"그게 꺼림칙하기는 한데."

아마도 이 시점까지도 박근태는 이 사건이 단순 기습 단속이라고 생각한 모양이다.

'하긴 아예 사례가 없는 건 아니니까.'

아무래도 이런 사건은 여러모로 복잡한 경우가 많다.

특히 표적 단속을 하게 되면 1개 중대쯤 동원하는 것도 어려운 일은 아니다.

직원들과 아가씨들, 성매매를 하려고 한 남자들을 전부 감시해야 하기 때문이다.

"일단은 혹시 모르니까 당분간은 조용히 지내. 핸드폰은 박살 내고."

"그러면 연락은 어떻게 할까요?"

살짝 고개가 돌아간다.

거기에는 소형 탑차가 보인다.

아마도 살인을 할 때 쓰던 물건 같다.

'차량 번호가 있기는 하지만.'

하지만 대포차일 게 뻔하다.

저런 놈들은 과속이나 특이 사항은 절대 안 한다. 흔적을 남기지 않기 위해서.

'차량 번호는 의미가 없고.'

노형진은 최대한 기억을 읽어 내기 위해 노력했다.

어떻게 해서든, 그들이 어디로 갔는지 알아내야 한다.

"당분간 작업장 근처에 가 있어라."

"작업장요?"

"그래. 혹시 일이 커질지 모르니까."

작업장이라는 말에 노형진은 떨떠름한 기분이 들었다.

그와 동시에 박근태의 기억이 밀려들어 왔기 때문이다.

'이런 미친놈들.'

그것은 작업장에 관한 기억들이었다.

물론 그것만 가지고 추적할 수는 없다.

하지만 한 가지는 확실했다.

'씨발 새끼들.'

노형진은 그 기억을 읽어 내려 했다. 그 순간 갑자기 날카로운 목소리가 기억을 끊어 냈다.

"박근태! 네가 뭐라고 하든 내가 너 잡을 거야! 알아!"

그리고 기억이 끊어졌다.

"닝기미."

"응? 웬 닝기미? 가만히 있다가 왜 그래?"

"아니야."

윤영지의 공격에 박근태의 기억 회상이 끝나 버린 것이다.

"도대체 거기 앉아서 뭐 한 거야?"

"여기에 앉아서 고민을 많이 했지. 과연 내가 박근태라면 어떻게 했을 것인가."

"그래서?"

"감을 잡은 것 같아."

정확하게 기억을 읽어 냈다.

물론 위치를 특정할 수 있는 곳은 찾지 못했다. 그들이 대피한 곳이 아니라 그들과 만나는 장면이었으니까.

하지만 그들이 있는 곳을 찾을 수 있는 방법이 있었다.

"차명으로 된 땅?"

"그래. 여기 어딘가에 그게 있다는 정보야."

"'여기'가 한두 곳도 아니고."

수사관들을 데리고 온 오광훈은 눈을 찌푸리며 말했다.

아직 그곳이 발견된 것도 아닌데 일단 수사관들을 데리고 오라고 했기 때문이다.

"물론 어딘지는 아직 모르지. 하지만 아는 사람이 있어."

노형진은 그들을 데리고 근처 도시로 갔다.

그리고 그곳에서 다른 사람들은 생각도 못 하던 곳으로 갔다.

그건 다름 아닌 가스 업체였다.

"가스 배달요?"

"네. 산속에 있는 집으로 배달하신 적 있죠?"

"아…… 네."

고개를 끄덕거리는 업자를 보며 오광훈은 노형진에게 물었다.

"이거 뭔데?"

"뭐긴, LPG지."

"LPG?"

"옛날에는 프로판가스라고 불렸지, 아마? 도시는 요즘 대부분 도시가스로 연결되어 있지만 산속까지 도시가스를 공급하지는 못하거든."

그래서 LPG를 이용해서 취사할 수밖에 없다.

나무로 불 때서 밥을 할 수는 없으니까.

'그리고 시체를 태울 때도 말이지.'

노형진이 박근태의 기억을 읽고 분노했던 게 그 이유였다.

그들은 단순히 시체를 산속에 묻은 게 아니었다. 아예 추적을 막기 위해 시체를 소각해 버렸던 것이다.

그리고 그 뼈만 모아서 산속에다가 묻어 버렸던 것.

그렇게 하면 고열에 유전자가 손상되기 때문에 신분 확인

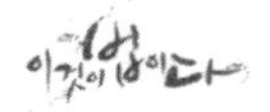

도 불가능해진다.

그 정도로 독한 놈인 줄 몰랐기에 노형진은 너무 놀랄 수밖에 없었다.

"아, 여기에 있네요."

그사이에 업자는 주소 하나를 건넸다.

"여기서 가끔 가스를 주문해요. 사실 생각보다 많이 주문하더라고요. 사람들이 많이 사는 것 같지는 않은데. 뭐 산속에서 난방용으로 쓰나 보죠."

가스보일러는 도시가스로 작동하도록 설계되어 있다.

그러나 LPG로도 작동되기에, 도시가스가 공급되지 않는 곳에서는 가스보일러를 LPG로 작동시키기도 한다.

그 값이 비싼 게 문제이기는 하지만.

'시체를 태우려면 가스는 필수야.'

나무나 석유로는 잘 안 탄다. 화력이 부족하기 때문이다.

그래서 현대식의 화장터에서는 모두 가스를 쓴다.

"이렇게 쉽게 나온다고?"

"쉽게는 아닌 것 같은데."

오광훈의 말에 노형진은 주소를 적어서 넘기며 말했다.

"만일 이곳이 맞는다면 아마 저항이 심할 거다."

"제발 저항해 줬으면 좋겠네, 아주 그냥 박살을 내게."

"그러지 마라. 살려 놔야 정보를 털어 내지."

아마도 얻어 낼 수 있는 정보가 아주 많을 거라고, 노형진은 생각했다.

⚖

“저기야.”

저 멀리 보이는 집.

좀 떨어진 위치에서 그 집을 보면서 수사관들은 침을 꿀꺽 삼켰다.

“오 검사님, 저거 보십시오.”

그중 한 명이 집에서 좀 떨어진 커다란 화로를 발견했다.

“저거…… 아무래도 고기 굽는 화로 같지는 않아 보입니다만.”

“미친……. 설마 시신을 태운 건가?”

“그런 것 같습니다. 사이즈가 딱 사람 사이즈입니다.”

오광훈은 이를 뿌드득 갈았다.

노형진과 다르게 그 사실을 알지 못했기 때문이다.

“들어가서 모조리 박살 내자. 한 놈도 놓치지 마.”

‘어차피 두 명인데, 뭘.’

물론 노형진은 그걸 말하지 않았다.

이곳에 다른 놈이 같이 있을 수도 있는 일이니까.

“저항이 심하면 무릎을 작살내 버려. 죽지만 않게 하면 된다.”

막 일어나려고 하던 오광훈은 순간 흠칫했다.

"어이, 김 수사관."

"네, 검사님."

"저쪽으로 돌아서 저거 프로판가스가 연결된 걸 찾아봐. 저 미친 새끼들이 가스 가지고 장난 못 치게 해. 무슨 뜻인지 알지?"

"네, 알겠습니다."

노형진은 안도했다.

다행히 그가 지적하기 전에 오광훈이 먼저 알아서 조치를 취했기 때문이다.

"들어가서 보자, 이 씹새끼들아."

이를 뿌드득 갈고 움직이는 오광훈.

영장은 없지만 일단 긴급체포로 잡아 두고 영장을 청구할 생각이었다.

"생각보다 튼튼해 보이는데?"

여럿이서 다가가는데도 여전히 반응이 없는 걸 보니 아무래도 자는 모양이었다.

"문을 부숴?"

"아니, 그럴 필요는 없지."

"그러면?"

"일단 한쪽으로 몰자고."

오광훈은 수사관들을 보며 말했다.

"저런 별장들은 창문이 많지는 않을 테니까 말이야."

⚖

오초진은 누군가 문 두들기는 소리에 힘들게 일어났다.

산속에 있으니 할 수 있는 게 없어서 그냥 술만 먹고 자는 게 일상이었기 때문에 누군가 찾아온 게 낯설었다.

쾅! 쾅! 쾅!

"누구야? 씨발."

하지만 대답은 들려오지 않았다.

그는 왠지 불안한 기분이 들어 동료를 흔들어 깨웠다.

동료는 일어나자마자 상황을 알아채고는 옆에서 시퍼런 칼을 꺼내 들었다.

쾅! 쾅! 쾅!

다시 울리는 문 두들기는 소리.

"누구냐고, 이 씨발 새끼야!"

"룸서비스다, 이 좆같은 놈들아."

"룸서비스?"

"그래! 검찰청에서 아주 특급으로 날아온 룸서비스다. 문 열어, 이 새끼들아!"

한적한 숲속을 쩌렁쩌렁 울리는 오광훈의 고함 소리.

검찰청이라는 말에 그들은 정신이 번쩍 들었다.

"영장 있어?"
"영장은 문 열고 확인해!"
오초진은 동료를 쿡 찔렀다.
"튀자."
"뭐?"
"딱 보면 몰라? 영장이 있었다면 벌써 문 부수고 들어왔어. 없으니까 저러는 거야. 그러니까 일단 튀자."
"어디로?"
"뒷문 있잖아."
정확하게는 별장의 뒤로 난 커다란 창문이다.
뒤쪽 화단으로 나가기 위한 창문으로, 전면이 전부 창이었다.
"그쪽으로 튀자."
동료는 고개를 끄덕거렸고, 그들은 다급하게 그쪽으로 향했다.
그들은 거기에 쳐진 커튼을 열고 스윽 주변을 살폈다.
아무도 없었다.
"역시나 없군."
영장이 없다면 집을 포위할 이유가 없다.
그러니 당연히 여기까지 감시하지는 않을 거라 생각했다.
그들은 문을 열고 후다닥 튀어 나갔다.
그 순간 들리는 고함 소리.
"지금! 당겨요!"

그들은 멈추려고 했지만 이미 늦었다.

그들의 몸이 허공을 휙 하고 날더니 그대로 바닥을 나뒹굴었다.

그곳에 숨어 있던 수사관들이 발목 위치에 설치해 놓은 끈을 잡아당긴 것이었다.

그들은 그 끈에 걸렸고 말이다.

"이런 씨발."

오초진은 다급하게 칼을 꺼내 들고 저항하려고 했다.

하지만 그보다 먼저 그의 얼굴이 '퍽!' 하는 소리와 함께 돌아갔다.

"이 새끼들이 어디서 장난감을 꺼내!"

수사관이 먼저 그들의 얼굴을 후려친 것이다.

그 순간 앞쪽에 있던 수사관들이 우르르 몰려왔고, 몇몇 사람들은 안쪽으로 들어가서 혹시나 숨어 있는 놈들이 있는지 찾기 시작했다.

"잡았다, 이 새끼들."

오광훈은 얼굴이 벌써 통통 붓기 시작한 오초진의 멱살을 잡아 올렸다.

"우리 아주 진지하고 즐거운 대화 좀 하자, 이 새끼들아."

물론 그 대화가 오광훈에게만 즐거울 거라는 것은 그 누구도 의심할 수 없는 확실한 사실이었다.

⚖

그들을 잡고 나자 이야기는 갑자기 빠르게 진행되었다.

아니나 다를까, 다른 자들은 그들에 대해 알고 있었고 두려워하고 있었다.

하지만 그들이 잡히고 사장이었던 박근태에 대한 진술이 나오기 시작하자 모든 죄가 낱낱이 드러났다.

"결국 박근태 그놈이 주범이었네."

시신을 찾기 위해 다시 돌아온 산속.

그곳에서 경찰들이 온 산을 닥치는 대로 파내고 있었다.

예상대로였다.

박근태는 자신의 아버지에게 그런 수법을 배웠다.

그걸 현대에 맞게 고쳐서 적용하고 중국에서 투자받아서 가게를 차린 다음, 몇 년 동안 여자들을 붙잡아 두고 강제로 성매매를 하게 만들었다.

"미친놈들이야, 진짜."

오광훈은 혀를 내둘렀다.

그들은 치밀했다.

여자를 데리고 오면 마약을 주사하고 끝내는 게 아니라 거기에 중독되게 해서 마약을 받기 위해 뭐든 하게 만드는 상황, 그러니까 조직원에게 자발적으로 성 상납을 하는 상황이 되어서야 술집에 투입했기 때문이다.

당연하게도 그때쯤 되면 마약 때문에 다른 사람에게 도와 달라는 소리도 하지 못했기에 아무런 문제도 없었다.

"피해자는 얼마나 나왔어?"

"지금까지 스물여섯 명. 진술대로라면 아직 열네 명 남았다."

범인들은 그렇게 소각한 시신을 집 주변의 산에다가 묻었다.

그 산은 사유지이니 누구도 뒤지 못할 테니까.

거기에다 땅을 깊숙하게 파고 묻어서, 누군가 우연히 찾을 수 있을 가능성도 없었다.

"이번 일로 강남 쪽 업소들이 난리 났다면서?"

"뭐, 당분간이겠지."

언제나 그랬다.

강남은 수십 년간 성매매의 중심이었고 미래에도 그럴 것이다.

노형진은 그런 생각을 하면서 한숨을 쉬었다.

"오광훈 검사."

오광훈과 노형진이 그렇게 온 산을 수색하던 중 윤영지가 다가왔다.

"어쩐 일입니까? 이쪽은 제가 담당하는 줄 알았는데."

"현장검증 왔어요."

"현장검증요?"

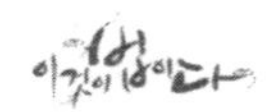

"위에서는 그림이 나오기를 원하니까요."

"쯧."

하긴, 사람을 죽이고 그 시체를 자기들이 만든 사설 소각로를 이용해 태워서 묻어 버린 놈들이다.

현장검증해서 쓸 만한 사진을 기자들에게 뿌리면 검찰의 이미지가 좋아질 것이다.

"이번에는 한 방 먹었어요. 작고 귀찮은 잔챙이를 나한테 던져 주고 큰 놈은 당신이 잡았네요."

"사장이 주범인데 잔챙이는 아니죠."

"하지만 그림은 당신이 다 한 걸로 나오잖아요?"

"그럼 아니었나요?"

오광훈의 천연덕스러운 말.

그 말에 윤영지는 헛웃음을 웃었다.

"핫핫, 진짜 당신이 어떤 사람인지 궁금해지네요. 다음번 대결 기대할게요."

그리고 그녀는 다시 아래쪽에 있는 별장으로 내려갔다.

노형진은 그런 그녀의 뒷모습을 보다가 말했다.

"아주 정분나겠다, 그냥. 무슨 소년 만화 클리셰냐?"

그러자 오광훈은 갑자기 부르르 떨었다.

"아이고, 무서운 소리 하지 마라. 나 저런 여자 딱 질색이다."

그 모습에 노형진은 그냥 피식 웃고 말았다.

애국이란 무엇인가?

"아버지가 자살하지 않았다는 증거를 찾으신다고요?"

"네. 저희 아버지는 자살하실 분이 아니에요."

사건의 시작은 단순했다.

누구나 생각할 수 있으며, 딱히 문제가 될 것도 없는 그런 사건이었다.

"아버지가 처지를 비관해서 자살하셨다고 하는데, 그럴 리가 없어요. 보험회사에서 보험금을 지급하지 않으려고 거짓말하는 거예요."

의뢰인인 하종백은 분한 듯 중얼거렸다.

노형진은 그를 진정시키며 말을 이어 갔다.

"일단 보험 지급 부분에 대해서는 제가 뭐라고 할 수가 없습니다."

"의뢰를 못 받아들인다는 건가요?"

의뢰하러 온 하종백은 눈을 찌푸리며 말했다.

뭐든 다 들어주는 곳이 바로 새론이라고 들었다. 그런데 의뢰를 못 받아들여 준다고 할 줄은 몰랐던 것이다.

하지만 노형진에게는 다른 이유가 있었다.

"그게 아닙니다. 원래 자살은 보험금 지급 대상입니다. 정확하게 자살 보험금이라는 말 자체가 없기는 하지만요."

"네? 그게 무슨 말이지요?"

"이게 참 웃긴 건데요, 법적으로는 지급하라는 명령이 나왔습니다. 그런데 보험회사에서 그걸 안 지킬 뿐이지요."

이 사태의 최초의 원인은 좀 황당했다.

2001년 당시에 모 기업에서 보험 약관을 개정해서 내놨다.

그런데 그걸 다른 기업들에서 무차별적으로 베끼기 시작했다.

사실 보험 약관 자체가 비슷비슷한 경우가 많기 때문에 그렇게 베껴 쓰는 경우도 많다.

보험을 들어 본 사람들은 알겠지만 그 약관을 보면 진짜 수많은 깨알 같은 글자들로 불이익을 줄 수 있는 경우가 무수히 명시되어 있을 정도로, 보험사는 최대한 보험금을 지급하지 않을 방법을 찾는다.

심지어 그건 계약이라는 말로 포장되어서 재판은 보험회사에 유리하게 굴러가게 된다.

웃긴 건 그렇게 돈을 버는 보험회사가 정작 약관을 제대로 분석하지도 않고 무단으로 베꼈다는 것이다.

그 약관의 주요 내용 중 하나가 뭐냐 하면 자살 시에는 보험금을 지급한다는 것이다.

그것도 재해 사망으로 봐서 보험금을 두 배로 지급한다는 것.

물론 가입 이후에 2년이라는 시간을 단서 조항으로 달았지만 말이다.

만약 보험사들이 약관을 베끼기 전에 미리 분석했다면 그 부분을 고쳤을 테지만, 제대로 살피지도 않고 그대로 베낀 보험사들은 그 조건대로 어마어마한 숫자의 보험을 팔아먹었다.

그러다가 진짜 자살자가 나오면서 문제가 생겼다.

자살자의 가족들이 그 약관에 따라 보험금을 요구했지만, 보험회사들은 상법 제659조 1항의 보험사고가 보험계약자 또는 피보험자나 보험 수익자의 고의 또는 중대한 과실로 인해 생긴 때에는 보험회사는 보험금액을 지급할 책임이 없다는 규정을 들어 보험금의 지급을 거절했다.

그러다가 결국 유가족 중 한 명이 소송을 걸었고, 2014년 법원에서는 법에서 정한 것은 일반 규정에 적용하는 것이고 보험회사의 약관은 특별 약관이므로 지급해야 한다는 판단을 내렸다.

당연하게도 보험회사는 그 돈을 주지 않으려고 대법원에 항소했다.

"이미 같은 사건이 대법원에 계류 중입니다. 아마 한두 달 내에 그 결과가 나올 텐데, 내부에서는 보험을 지급하라는 판단이 내려질 거라고 이야기가 나오고 있습니다."

물론 그건 예측이 아니라 노형진이 아는 사실이다.

과거에도 그랬으니까.

설명을 들은 하종백이 걱정스럽게 물었다.

"그러면……?"

"저희를 선임해서 소송하실 수 있지만 그렇게 되면 소송비만 날리는 셈이라는 거지요. 그냥 기다리시면 보험금이 지급될 겁니다."

만일 대법원에서 줘야 한다고 판결이 나오면 보험회사가 뭐라고 하든 받아 오면 그만이다.

"그냥 그때 가서 압류하시는 게 나을 겁니다."

"만약 대법원에서 지급하지 말라고 하면요?"

"대법원에서 판결된 사건은 어지간하면 뒤집어지지 않습니다. 한 20년쯤 지나면 모를까, 바로 다른 사람들이 소송한다고 해도 뒤집어지지 않으니 결국 받지 못하지요."

물론 원래 역사에서도 그들이 돈을 토해 내는 걸로 끝난

다.

심지어 그동안 주지 않았던 모든 돈까지 다 주도록 판결이 떨어진다.

보험회사들은 채권의 소멸시효를 주장했지만 법원에서는 채권을 안 준 건 보험회사이고 이미 보험의 수령자들이 신청한 이상 채권의 소멸시효는 성립되지 않는다고 판단했기 때문이다.

'아, 그러고 보니 그때 주가가 아주 팍 떨어지지? 미리 준비해야겠네.'

그 와중에도 노형진은 주식을 긁어모을 생각을 했다.

"그런가요……. 그러면 저는 그냥 기다리면 되는 건가요?"

"일단은 그렇습니다. 굳이 저희한테 돈을 쓰실 필요는 없지요."

"확실히 새론은 다르네요. 다른 곳 같으면 무조건 받아들였을 텐데요."

그리고 시간이 지나면 승소 비용까지 달라고 할 것이다.

정작 자신들은 아무런 행동도 하지 않은 주제에 말이다.

"하하하, 저희는 그런 곳이 아닙니다."

노형진은 의뢰인을 보면서 웃었다.

그가 꿈꾸던 새론은 그런 곳이 아니다.

만일 그런 곳으로 변질되었다면 그가 가장 먼저 떠났을 것이다.

"하지만 일단은 마냥 기다릴 수밖에 없다는 것이 불안하네요. 솔직히 제가 사정이 좀 급해서요."

말하는 하종백의 눈치를 보니 아무래도 상황이 좋지 않은 듯했다.

"그렇게 되면 그때는 다른 방법을 찾아봐야겠지요. 하지만 보험회사에서 찾아내는 것은 아무래도 힘들 겁니다. 그나저나 사정이 별로 안 좋으신 모양이군요."

"하아, 그게……."

하종백은 긴 한숨을 내쉬었다.

"사실은 집안 사정이 영 안 좋습니다. 어머니도 암에 걸리시고, 아버지는 남긴 유산도 없고."

"암요? 그런데 아버지가 자살하셨다고요?"

"네."

"이상하네요."

그런 경우 대부분의 사람들은 가족을 살리기 위해 노력한다. 자살하는 것이 아니고 말이다.

더군다나 요즘은 암은 불치병도 아니다.

잘 관리하면 살 수 있는 병이다.

"아버님의 직업이 무엇이었기에……?"

"군인이셨습니다. 대령이셨지요."

"네? 그런데 유산이 없다고요?"

현실적으로 군대에서 대령쯤 되면 연봉이 1억 가까이 된다.

물론 기본급은 그렇게 많지 않지만 온갖 수당이 다 붙으니까.

일반인들을 기준으로 판단하면 어마어마하게 많은 돈이다.

물론 병원비가 부담이 될 수는 있겠지만, 그래도 자살할 정도로 구석으로 몰리지는 않는다.

한 가지 경우만 빼면 말이다.

"저기, 혹시……."

"맞습니다. 예편하셔야 했지요."

"아아."

군대의 계급은 피라미드 구조다.

당연하게도 위로 올라가는 사람의 숫자는 적고 승진은 적체되기 마련이다.

그래서 일정 기간 승진하지 못하면 자동으로 예편하게 된다.

"아버지가 뭐랄까…… 그…… 정치질에는 능숙하지 못하셨거든요."

"무슨 소리인지 알겠습니다."

능력이 있고 부하들을 잘 통제하고 군인으로서 존경받는다?

애석하게도 그게 먹히는 건 대령 정도까지만이다.

한국에서 소장 이상을 달기 위해서는 정치질이 필요하다.

그리고 그 정치질은 당연히 돈으로 해야 하니, 그 돈을 마련하지 못하면 그냥 나가리 되는 거다.

그렇다 보니 소장급 이상이 되려면 비리에 엮이지 않을 수가 없다.

그 이상 승진하기 위해서는 그만큼 바쳐야 하니까.

오죽하면 현 국방부 장관이 수백억대의 군납 비리 사건을 생계형 비리라고 실드를 치겠는가?

그들 입장에서는 그렇게 돈을 받는 게 당연하기 때문이다.

그들에게 있어서는 국방부 예산 전부를 해 처먹어도 생계형 비리일 뿐이니까.

"그래도 이상하기는 하네요."

예편하면 분명 억대 연봉은 못 받는다.

하지만 억대 연봉만 못 받는다고 봐야 한다.

왜냐? 군인은 다른 사람들보다 연금이 세다.

만일 대령으로 예편한다면 한 달 평균 연금으로 대략 350만 원 정도 받는다.

그건 아무것도 안 해도 받는 돈이고, 이후에 다른 일을 하면 거기에 플러스알파가 된다.

즉, 암 환자 한 명 건사하는 게 그다지 어려운 일은 아니라는 소리다.

"그러면 유언은?"

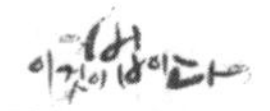

"그게, 딱히 유언은 없었습니다."

"유언은 없었다고요?"

"네. 경찰에서는 보험금을 노린 자살의 경우는 종종 유언장이 없다고 하더군요."

더더욱 말이 안 된다.

그가 죽으면 연금도 끊어진다.

만일 아내를 위해 치료비가 필요했다면 보험금이 아니라 연금을 노렸을 것이다.

한국은 보험이 잘되어 있어서, 특실에 들어가는 일이 아닌 이상에야 암 환자라고 해도 300만 원씩 치료비가 나오는 경우는 드물다.

특히 정부에서도 암 환자가 늘어나면서 지원을 많이 늘렸으니까.

"그리고 그 정도 수입이면 보통 암 보험 하나는 가입해 뒀을 텐데요."

"맞습니다. 하나 가입했습니다. 실손 암 보험이었지요."

"그러면 더더욱 자살하실 이유가 없는데요?"

자기가 죽으면 상황이 더 안 좋아지는데 누가 자살하겠는가?

"혹시 쪽지 같은 것도 없었나요? 아무리 보험금 때문에 유언장을 남기지 않는다고 해도 진짜 자살이라면 가족들만 볼 수 있는 곳에 쪽지 정도는 남깁니다. 물론 경찰이 발견하지 못하도록 유가족만 알 수 있는 곳에 남기기는 합니다만."

"그런 것도 전혀 없었습니다. 저희는 유품도 다 정리했고요. 혹시 저희가 정리하지 못한 곳에 있을까요?"

"그럴 리가요."

경찰이 발견하지 못할 곳에 숨기지 가족들조차 발견하지 못할 곳에 숨기지는 않는다.

아무리 상황을 봐도 자살을 선택할 이유는 전혀 없었다.

"혹시 아버님이 우울증을 앓고 계셨나요?"

"그건 아닙니다. 하지만 최근에는 힘들어하셨습니다."

"그래요? 그게 뭐 때문인지는 모르시고요?"

"네."

노형진은 머리를 긁적거렸다.

사실 여기서 그가 사건을 캘 이유는 없다.

이미 하종백이 맡기고자 한 사건을 맡을 이유가 없어졌으니까.

하지만 뭔가가 노형진의 신경을 거슬리고 있었다.

'아무리 생각이 없는 사람이라도 그런 상황에서 자살을 선택하지는 않을 텐데.'

아내를 잃어버릴지도 모른다는 공포에 질려 자기가 먼저 죽어 버린다?

그런 사람은 없다.

만일 아내가 암을 이겨 내지 못하고 죽어서 그 고통에 자

살했다면 이해하지만, 아내가 멀쩡하게 살아 있는데 자살을 선택했다는 건 꽤 이상한 일이다.

"혹시나 해서 그러는데, 실례가 안 된다면 어떤 식으로 자살을 하셨는지……."

"자동차 사고였습니다. 낭떠러지로 그대로 내달리셨습니다."

"낭떠러지요? 그러면 사고일 수도 있는 거 아닙니까? 촬영된 영상이라도 있었나요?"

하종백은 고개를 흔들었다.

"아니요. 그건 아닙니다. 하지만 경찰 말로는 스키드 마크가 없었다고 하더군요."

스키드 마크.

갑작스러운 상황에 급브레이크를 밟으면 타이어가 도로에 그대로 타면서 흔적이 남는다.

그걸 스키드 마크라고 하는데, 그게 없다는 건 사망자가 브레이크를 밟지 않았다는 것을 의미한다.

분명 경찰이라면 그렇게 생각할 상황이었다.

"하지만……."

노형진은 눈을 찌푸렸다.

경찰이라면 그렇게 생각할 것이다.

하지만 한편으로는 차량에 손상을 가해서 암살했거나 브레이크가 고장이었을 수도 있다.

"차량에 대한 검사는 했나요?"

"했습니다만 전소되어서 남은 게 별로 없어서……."

"전소되었다고요?"

"수십 미터 아래로 떨어졌으니까요."

노형진은 고개를 흔들었다.

"차는 생각보다 불이 잘 안 붙습니다."

"네? 그게 무슨 말씀이신지?"

"영화처럼 절벽에서 떨어진다고 해서 불덩어리가 되지는 않는단 말입니다. 차량이 휘발유였나요, 아니면 경유였나요?"

"그게 중요한가요?"

"일단 요즘 엔진들은 안전장치가 잘되어 있어서 충격을 받으면 엔진이 멈춥니다. 당연히 불이 없다는 거죠. 그 상황에서 기름통이 깨진다고 해도 기름이 새어 나가는 정도이지 불이 붙지는 않습니다."

가령 영화에서는 총으로 기름통을 쏴서 터트리는 장면이 나오는데, 실제로는 아무리 총으로 기름통을 맞혀도 기름이 줄줄 새기는 할지언정 불이 붙거나 폭발하지는 않는다.

"가령 〈와일드 하드〉라는 영화에서 보면 항공유에 주인공이 불을 붙여서 활주로에 신호 라인을 만드는 장면이 있지요? 그건 불가능합니다."

항공유는 안전성에 중점을 두고 있기에 웬만한 온도에서

는 불이 붙지 않는다.
게다가 라이터로는 충분한 온도가 나오지 않는다.
"하지만 영화가 아니라 다큐 같은 데서는 터지던데요?"
"그건 항공유가 분진 상태가 되기 때문입니다."
강력한 충격으로 인해 분진 상태가 되면 뭐든 쉽게 터진다.
심지어 밀가루도 터지는 판국에 기름이야 당연히 말할 필요도 없다.
"그런데 차가 추락한다면……."
일단 뚫고 나가는 순간에는 기름이 퍼질 이유가 없다.
충격은 차량 전면부 엔진 룸을 칠 테니까.
그 후에 바닥에 떨어질 때 분진이 생길 수도 있지만, 기름의 성격을 생각하면 가능성은 낮다.
일단 애초에 기름통 자체가 후방에 위치해서, 추락할 때 무거운 엔진 룸 쪽이 앞으로 가기 때문이다.
즉, 최초 충격은 직격을 피하게 되고 차량의 기름통이 깨질 수는 있지만 미세 입자로 퍼지기는 힘들다.
"그리고 그 정도 충격이면 당연히 엔진은 멈춥니다."
그러면 우연히 발생한 스파크 등으로 불이 붙어야 한다.
"어…… 아버지의 차는 경유 차입니다. SUV였거든요."
"그러면 확률은 더 떨어집니다. 경유의 착화점은 휘발유보다 낮거든요."

불이 붙는 온도는 두 가지로 분류될 수 있다.

첫째는 착화점(발화점), 그러니까 물질이 가열되어 일정 온도에 도달했을 때 외부의 점화 없이 불이 붙는 온도.

쉽게 말하면 오래 달군 기름에 저절로 불이 붙는 걸 생각하면 된다.

그 온도가, 휘발유는 450도에서 550도 사이이고 디젤유는 350도에서 450도 사이다.

그런데 인화점, 즉 기체 상태로 공기 중에 뿌려졌을 때 불이 붙는 온도는 또 정반대다.

휘발유는 -20도이고 디젤유는 55~100도 사이다.

"그래서 휘발유 차는 점화플러그 방식으로 불을 붙이고 디젤차는 압축으로 불을 붙이죠."

노형진의 말에 하종백이 머리를 긁었다.

"죄송합니다. 제가 문과라 뭔 소리인지……."

"간단하게 말해서, 경유 차라면 어지간한 충격으로는 불이 붙지 않는다는 말씀을 드리는 겁니다."

기체화되어 있지 않은 상태라면 어떤 기름이든 간에 단순 스파크 정도로는 불이 붙지 않는다.

만일 그렇지 않았다면 그 불안전성 때문에 석유라는 게 연료로 사용되지도 못했을 것이다.

"그 말은……."

"사고가 아닐 수도 있다고 생각합니다."

"하지만 경찰은 자살이라고……."

브레이크 고장이었다면 그곳까지 가지 못했을 가능성이 높으니까 자살이라는 거다.

"차량의 브레이크 작동을 멈추는 방법은 많습니다. 그리고 화재가 났다면 그 흔적까지 사라지게 할 방법도 많지요."

"그러면…… 역시 아버지가 자살하신 게 아니란 말씀입니까?"

"그건 알 수 없지요. 하지만 정황만 놓고 본다면 아버님은 자살을 하실 이유가 없습니다."

노형진의 말에 하종백은 침을 꿀꺽 삼켰다.

"하지만…… 아버지는 고작 대령이셨습니다. 물론 군 내부에서는 높은 직급이었지만 사실 대령급은 넘치는 게 군대입니다. 딱히 중요한 직책에 있는 것도 아니었고, 그렇다고 해서 승진을 생각하는 것도 아니었습니다. 아버님 스스로도 은퇴를 결심하던 판국이었는데……."

"그건 모를 일입니다."

다른 곳도 아니고 군대다. 모든 것은 확실하게 해야 한다.

"혹시 아버지가 쓰시던 물건이 남아 있나요?"

"아니요. 다…… 처분해서……."

"이런……."

군복부터 해서 모든 옷을 다 태웠다고 한다.

"남은 물건은…… 아!"

그 순간 하종백은 자신의 팔을 내려다봤다.

“시계가 있네요.”

“시계?”

“네, 이 손목시계입니다. 아버님이 파병을 다녀오시면서 대통령으로부터 받았던 시계입니다.”

“파병도 다녀오셨습니까?”

“네, 어쩌다 보니.”

그런 시계인 만큼 아버지가 애지중지하며 차고 다니셨기에 아버지가 돌아가시자 하종백은 유품이라 생각해 차고 다녔다고 한다.

“사고를 당하던 때에는 차고 계시지 않았나 보군요.”

“네, 이걸 놓고 가셨더라구요.”

“그러면 상황은 더 이상하군요.”

“어째서 말입니까?”

“이런 건 일종의 버릇이거든요.”

애지중지하면서 차고 다녔던 시계다.

그 말은, 그 시계를 차는 게 버릇이 되었다는 걸 의미한다.

늘 시계를 차던 사람은 그게 없으면 허전함을 느끼고 굳이 찾아서 찬다.

“그런데 그런 걸 놓고 나갈 정도로 급했다는 건 좀 이상하죠.”

자살이라는 건 자신의 인생을 정리하는 행동이다.

즉, 급할 게 하나도 없다는 소리다.

"그리고 이런 말씀을 드리기는 죄송합니다만, 이걸 가족에게 남기고 싶다고 생각할 정도의 상황이라면 유언장이든 쪽지든 뭐라도 써 놓으셨을 겁니다."

노형진의 논리적인 말에 하종백은 자신의 손목에 있는 시계를 뚫어져라 바라보았다.

"혹시, 그걸 제가 좀 볼 수 있을까요?"

"네?"

"제가 한 번도 본 적이 없어서요, 대통령 시계라는 건."

"아."

하종백은 별다른 의심 없이 시계를 풀어서 노형진에게 건넸다.

노형진은 시계를 만지면서 슬쩍 정신을 집중했다.

그리고 거기서 흘러나오는 하종백의 아버지 하백호의 기억을 읽은 순간, 그의 입에서는 저절로 욕이 튀어나왔다.

"이런 씨발!"

다음 권으로 이어집니다

암살자였던 군주

김기세 판타지 장편소설

**죽음의 신에 의해 세상이 어지러울 때
암살자가 소리 없이 다가와 구원하리라!**

가족을 잃고 왕국 변방에서 평범하게 살아가던
전설의 특급 살수 가브

동생이 생존해 있음을 알고 찾으러 떠나지만
그의 앞에 펼쳐진 것은
누구든 구울이 되어 버리는 흑마법의 세상!

세상을 집어삼키는 것이 마신의 계획임을 깨달은 가브는
대항할 힘을 갖추기 위해 나라를 세우고
군주의 길을 걷기로 결심하는데……!

**군주가 된 암살자는 신도 살해한다!
마음 한편이 서늘해질 다크 판타지가 시작된다!**